# 不好意思，刚认识就喜欢你

封寒紫
/著

新世界出版社

图书在版编目（CIP）数据

不好意思，刚认识就喜欢你 / 封寒紫著 . -- 北京 : 新世界出版社，2017.1
ISBN 978-7-5104-6075-3

Ⅰ . ①不… Ⅱ . ①封… Ⅲ . ①散文集－中国－当代 Ⅳ . ① I267

中国版本图书馆 CIP 数据核字 (2016) 第 310875 号

不好意思，刚认识就喜欢你

作　　者：封寒紫
责任编辑：吴伶伶　周　帆
责任校对：宣　慧
责任印制：李一鸣　程国鑫
出版发行：新世界出版社
社　址：北京西城区百万庄大街 24 号 (100037)
发行部：(010)6899 5968　(010)6899 8705（传真）
总编室：(010)6899 5424　(010)6832 6679（传真）
http://www.nwp.cn
http://www.nwp.com.cn
版权部：+8610 6899 6306
版权部电子信箱：nwpcd@sina.com
印　刷：三河市双升印务有限公司
经　销：新华书店
开　本：880×1230　1/32
字　数：200 千字　印张：8
版　次：2017 年 1 月第 1 版　2017 年 1 月第 1 次印刷
书　号：ISBN 978-7-5104-6075-3
定　价：39.80 元

TIMES/

漫漫时光 /

生命不过是温柔的疯狂

想 和 你 在 漫 长 夏 日， 虚 度 时 光。

# 序

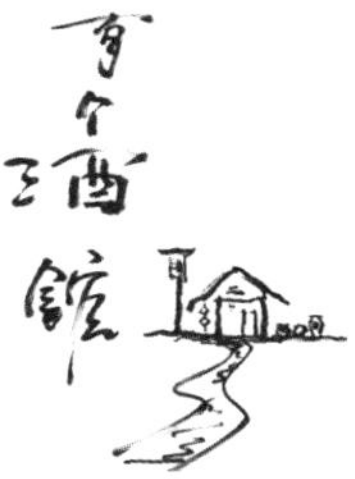

我想开一家叫作“有个酒馆”的店
在门口挂着白底菱边的“酒”字旗布

酒馆里摆放着旧木板凳的桌子
没有凳子
客官们只管席地而坐

咱们大碗喝酒
大块吃肉
你若有故事
说来我听
免了酒钱

——有个酒馆掌柜　封寒紫

# 推荐序：这个时代，需要点孩子的疯狂

封寒紫，谐音“疯孩子”，在给“有书”做领读达人的日子里，“有书”书友这样调侃她，但她也乐得这样的称呼。

她说自己是打不倒的美少女战士，带着孩子气的她，身上其实充满着勇气、拼劲和韧劲。她可以加入一个刚刚起步的创业团队，在艰苦的环境下，面对无数的不确定性也敢于说“没问题，我来”；她在碰到困难时偶尔也会委屈洒眼泪，但最后总会擦干眼泪继续拼搏；她也会为了喜欢的事情，连续加班熬夜，不取得成果绝不罢休。

一个1994年出生的小女孩，孤身一人来到北京时，虽是小女子，却慢慢在大世界里站稳脚跟，不到一年已经变成“像个老人般智慧，又像个孩子般可爱”的大姑娘了。这样突飞猛进的成长，正得益于封寒紫从不妥协的韧性：她从未放弃对世界的探索，不断拓展着自己的认知边界，也由此一路收获着幸运的果实。

封寒紫是一位灵气和天赋并存的女孩子，她对很多新鲜事物都有着敏锐的感知能力，喜欢看很多类型的书，也一直在追寻着生活最深处的文艺，不断尝试着不同风格的创作，用文字雕刻出一个她所感知所理解的世界。

她喜欢写故事，这本《不好意思，刚认识就喜欢你》，书名源于她一篇文章的标题。这篇文章首发于“有书”，很快就破百万阅读，被很多读者喜欢，数据证实她的文字足以和很多知名的作者媲美。在她写的很多故事里，情感细腻，文笔清新，视角独特，在这个纷繁复杂的世界里犹如一股清风，总能给读者带来共鸣的同时引发思考。

在这个时代，长大并不等同于成长，当很多人感叹着自己被磨平棱角的时候，其实更应该在人情世故中不忘初心，一路前行，像封寒紫一样，带上一点孩子气与疯狂劲。成功，无非就是拿出孩子般的勇气、拼劲和韧劲坚持一件对的事情。封寒紫能做到的，你也可以。

有书 CEO **雷文涛**

# [ 目录 ]

## 第一章　你丑成什么样子我都爱你

## 第二章　我爱好不多，爱你算不算

## 第三章 嘘——有些话，我只说给姑娘听

## 第四章　我拿你当朋友，你把我当人脉

## 第五章　一只夜行动物的喃喃自语

## 第六章　陪你度过漫长岁月

不 好 意 思， 刚 认 识 就 喜 欢 你。

PRE ORDER FORM
BEER
CLASSIC COCKTAIL

## 第一章

# 你丑成什么样子我都爱你

我相信天才，耐心和长寿／
我相信有人正在慢慢地艰难地爱上我／
别的人不会，除非是你／
我俩一见钟情／

——海子

# 我们都在最单纯的岁月里暗恋过一个人

## 一

和老朋友星子聊天，聊起小敏，他当年暗恋的女生。

星子说，那时候看到小敏总是在课间折星星，于是问她这是折了送给谁。小敏说，送给喜欢的人。毕业时，小敏送给了星子一个自己做的布娃娃，星子很开心，但心里想着不知道小敏把那些星星送给了谁。

这么多年，星子一直带着布娃娃，前些日子搬家，搬桌子的时候不小心撕烂了那个布娃娃，里面的星星散落了一地。

星子说，当时他愣在原地，眼泪就不受控制地流了下来。

这世间比暗恋更傻的，大概就是互相暗恋。

我问星子，你还喜欢小敏吗？

星子说："说不出来，前段日子跟小敏见面，像老朋友一样聊天，感情很平淡，但是分开说再见的时候，心底却很难受，最美好的感情都留在最初的学生时代了。"

我突然想起高中时，有一次我跟星子还有其他几个人在走廊聊天时，星子突然把身旁的男生绊倒然后骑在他身上狂扁。我一开始很纳闷，最后看到身边走过去的小敏仿佛明白了什么。

二

我们都曾在最单纯的岁月里喜欢过某个人，那是种透明纯净的，不掺杂其他因素的，喜欢。

那时候男生喜欢上一个女生，是件很简单的事情。有时绕路去厕所只为经过她的班级，从窗外偷瞄她在干什么，和谁讲话。有时和坐在左边的同学讲话，因为喜欢的人就在教室的左边，用余光看着认真上课的她，在她抬头时又立刻躲开。

在球场上奋力地跳动，帅气地投篮，希望可以吸引在球场边的她的目光。会因为她的莞尔一笑倾心；会被她陪小孩子玩闹的童心未泯吸引。

那时候女生喜欢上一个男生也是一件很简单的事情。会在他与别人聊天时竖起耳朵偷听，会因为他对其他女生更亲近几分而吃飞醋。在下课后故意靠在近走廊的窗边，摆出一个自认为美美的姿势，等他经过，留下一个好印象。

所有与他有关的比赛，通通不落下，为他欢呼雀跃。有时也会在他过来说话的时候盯着别处，掩饰自己的紧张。会常常盯着他埋头学习的背影发呆，会在他打球的时候随时备好矿泉水，却因为他突然看向自己而瞬间红了脸……

暗恋一个人大概就是自己在心里已经和他演了千百场言情偶像大戏而他不知；就是自己突然开心突然失落突然像个神经病突然又正常；就是看见他明明心里很开心表面还故作高冷；就是不管在干吗，只要一想到他就笑出来的傻样子；就是只要一跟他说话就能开心好久的样子；就是我现在很想你的样子。

三

我高中时也暗恋过一个比我大一届的学长。

有时候总在人群中寻找他，好像看一眼就会安心，在操场、食堂、教学楼里用很笨拙的方式向他靠近，故意在小卖部逗留因为知道他也会来买冷饮，拉着好朋友走得飞快然后在他附近又有意把脚步放慢偷偷瞄他。

随着时间的推移，他的面目早就已经模糊不清，名字我也想了许久才拼凑得起来。唯一记得的大概就是他在音乐室往下看，我正好抬起头，他整个人几乎都要消融在阳光里，很温暖地笑了。

在很多年以后我依然记得这个画面，原来，有时候执着于一个人不是因为他有多难忘，而是为了当年那个情窦初开，少女情怀的自己。

四

世间情动，不过盛夏白瓷梅子汤，碎冰撞壁叮当响。

我倾尽全力让自己发光，好学生也好坏学生也罢，甚至做一个小丑也只是为了吸引你。

那些涩而甜的情感，像仲夏里想熟透的果实，却只能挂在枝头，可望之处，皆不可及。

谁家红颜是知己，谁家少年曾白衣，谁家良人打马去，谁家陌路两分离，谁家小巷酒扑鼻，谁家画楼笛声起，谁家红尘擦肩过，谁家自此无可依。

宛如一场镜花水月，想象中全是衣袂翩翩的少男少女，骑着单车，一不小心就长大了。

你知道学生时代的爱情大多都是脆弱的，你知道得到了也未必能够快乐，不如永远定格在回不去的学生时代。

幸运的是，我们都曾拥有过一段单纯的岁月。青春的美好，就在于我们可以去做自己喜欢的事，喜欢自己喜欢的人。

# 我爱你，关你什么事？

一

桃子打电话告诉我，阿远今天问她以前是不是喜欢他？桃子告诉他，是啊，但喜欢他这件事，从来都不关他的事。

我想起高中时，桃子就喜欢阿远，那时候桃子课间老爱拉着我跑到阿远的班级，假装只是刚好路过，眼睛里却在寻找着阿远的身影，好像能看阿远一眼就能感觉整个天空都亮了。

直到有一天，桃子看到很少与异性结伴的阿远，跟一个女生牵着手在逛街。那天，桃子哭了好久。

暗恋这桩小事，能让人充满幻想，也能让人死心塌地，万念俱灰。

电话里，我问桃子，你后来也知道那次跟阿远牵手的女生是他的亲妹，你怎么不告诉他你喜欢他呢？

桃子说："我知道我不是阿远喜欢的类型，所以我想以朋友的身份一直陪着他，看着他快乐，我也就快乐。"

## 二

桃子当年的高考分数比阿远高出很多，但是填报志愿的时候她放弃了本可以去的好学校，义无反顾地报了阿远填的那所大学。

“离他近一点，就可以陪在他身边。”

阿远换过很多女朋友，每次帮他挑礼物送女朋友的都是桃子，每次阿远失恋了，陪在他身边的也是桃子。

“有你这个朋友真好。”这是阿远对桃子说得最多的一句话。

我不相信阿远不懂桃子的心思，没有哪个那么好的女生会四年了也不谈恋爱去对一个所谓的男闺密那么好，又或许阿远知道，只是他太自私了，享受她给他的爱，谁都不捅破这张纸。

有一年冬天，阿远失恋了，出去买醉，深夜三点打电话给桃子，桃子立马从床上爬起来，裹着一件大衣从宿舍出来，穿过学校偌大的操场、教学楼和正门，走过深夜已经没有人的马路，在一家酒吧找到阿远，把他送回寝室。

傻桃子，爱阿远爱得让人心疼。

可桃子说：“我爱他，和他没有关系，我怕我的爱给他负担，如果我说出来了，他可能连朋友都不和我做了。”

“如果哪天阿远准备结婚了，但新娘不是你，怎么办？”

“那我会放手。”

这是我和桃子挂电话前的最后一段对话。

## 三

我心里突然难受起来，想起了《缘分》这部电影。电影里我感动的不是张国荣饰演的 Paul 与张曼玉饰演的 Monica 的爱情故事，而是 Paul 最需要帮助的时候出现的总是由梅艳芳饰演的 Anita。

从 Paul 跟 Monica 聚餐开始，Anita 就一直在背后默默地付出。

帮助 Paul 考驾照、给 Paul 父母送礼物、在 Paul 和 Monica 玩缘分游戏的时候给没带钱的 Paul 送钱，甚至在最后一趟地铁开走时，增开了一趟地铁，这才有了 Paul 与 Monica 的最后拥吻。好笑的是，幸福拥吻的两个人直接忽视了后方向他们挥手的 Anita。

这就是 Anita 爱着 Paul 的方式，任性却毫无保留，甚至毫无目的。有人评论《缘分》时说：“两相情愿的爱情名为缘分，一厢情愿的爱情连声谢谢都显得多余。”

每次想起这部电影我就会心疼，心疼那种我爱你，关你什么事的爱情。

四

“我爱你，关你什么事”这句话出自张爱玲的《沉香屑·第一炉香》，书中乔琪乔和葛薇龙结婚的目的是利用她漂亮的身体挣钱，并早已做好等她年老色衰后就离婚的打算。

薇龙知道他的目的，却依然尽心尽力地替他拉人挣钱。直到乔琪乔自己都看不下去了，说：“总有一天，你不得不承认我是多么可鄙的一个人。那时候，你也要懊悔你为我牺牲了这许多！一气，就把我杀了，也说不定！”但葛薇龙说：“我爱你，关你什么事？千怪万怪也怪不到你身上去。”

读张爱玲写的故事，会发现她好像总爱写女子爱得毫无保留。“你问我爱你值不值得，其实你应该知道，爱就是不问值得不值得。见了他，她变得很低很低，低到尘埃里。”这句话应该就是张爱玲对爱情的态度，类似葛薇龙这般，也是可闻不可遇了。让人既哀叹，又心疼。

## 五

把这种单方面的爱情写到极致的，是《一个陌生女人的来信》。这是一个痴狂的女人，她用自己的一生去爱慕一个不爱她，甚至不知道她存在的男人。

她躲在角落，只为多看他一眼；她努力跻身上流社会，只为能与他近一点；她收集了他发表的所有文章，她坚持每年在他生日的时候送上一朵白玫瑰，她为他生下孩子却不告诉他，她用自己的方式去爱他，不纠缠，不打扰，不求回报，就这样默默爱着就好。

从开始到结束，陌生女人的爱情始终都属于她一个人。即使到了最后，她给男人寄了这封信，男人能想起来的也只是一个模模糊糊、飘忽不定的影子。

或许爱真的就是一个人的事吧，谁都阻止不了，谁也都管不了。但这种感情终究是片面的，也过于超脱，很难想象真的存在。

## 六

再说一个人，《笑傲江湖》里的仪琳，即便她心底深爱着令狐冲，她妈妈哑婆婆逼令狐冲娶她时，她却赶忙表示："不，不！我时时想着他，时时向菩萨求告，要菩萨保佑他逍遥快活，只盼他无灾无难，得如心中所愿，和任大小姐成亲。婆婆，我只是盼他心中欢喜。我从来没盼望他来娶我。"

这样相似的人物在金庸的小说里还有很多：小昭、程英、陆无双、程灵素、郭襄、公孙绿萼，一个个爱得别无所求，无怨无悔。

我爱你，关你什么事？你只管做你的事去，我自会默默地爱你一辈子，你不爱我没关系，我为你死了也甘心。

## 七

张爱玲说："我爱你，关你什么事？千怪万怪也怪不到你身上去。"

可是，爱可以是一个人的事情，爱情却是两个人的事情。所谓举案齐眉，琴瑟和弦，都是相互欣赏又相互迁就的状态。我们每个人，其实都喜欢也都需要被爱的感觉。

所以，为了爱情，请勇敢地把这句话说出来："我爱你，关你什么事？有本事你也爱上我试一试？"

# 就是因为不懂你，才会爱上你

一

蔷薇组织了一场聚餐，邀请我们几个关系不错的姐妹参加，说有话要说。

席间，蔷薇讲了一件她和现任之间的事：“有一次我跟一个同事吵架，心情很不好，下班后打电话找他倾诉，我问他你觉得这件事谁对谁错，他对我说，其实我并不了解你脑子里的想法，但我不需要来管这件事的对错，对我来说你的感受最重要。美食能让心情变好，我去找你带你吃好吃的。”

蔷薇和现任认识得并不算久，两个人的感情还没有经过岁月的打磨，尚未完全懂得彼此，却相处得格外幸福舒适。

她没多讲两个人之间的事情，就宣布了自己的“有话要说”：“我跟他要结婚了。”

正当我们惊得下巴快掉下来，她的未婚夫就推开包厢的门跟大家打着招呼走了进来。在座有个姐妹调侃道：“你们这么闪恋闪婚，都懂得对方脑子里想什么吗？”蔷薇假装苦恼地皱起眉头，笑着望

岁月在我们身后，
长出薄薄的翅膀。

向身边的他。

对方大方地接过这个略带尴尬的问题，温柔地望着蔷薇说：“就是因为不懂你，才会爱上你。”

或许，有时候一段美好的感情就是开始于因为不懂你，却欲罢不能地爱上了你的神秘感。毕竟，要是一眼能看穿你，兴趣就随着荷尔蒙戛然而止，我们的故事自然没有下文。

二

大部分人都秉承着一个信念：只有两个人足够了解彼此，懂得对方的喜好和内心想法，才能保持感情的长久。然而，足够懂得一个人真的一定能在感情里成为加分项吗？

看着蔷薇满脸笑容的模样，我们能感觉到她很满意现在的这份恋情，但作为熟悉蔷薇的好友，蔷薇刚刚说那件事时，其实我们都想到了她的前任。

蔷薇的前任是一个非常了解蔷薇的人，对她的喜怒哀乐与办事风格熟悉得一清二楚。他们分手的时候，我们都为蔷薇失去这样一个懂她的人感到惋惜。

有天晚上，蔷薇在回家路上看不惯一个城管对一个摆水果摊的大妈盛气凌人的态度，就上前说了城管几句，结果对方不甘示弱地骂了回来，那天蔷薇心情很不好，便给她前任打电话，电话里前任说：“让我猜猜，是不是今天工作上不太顺心，被老板说了，你今晚多管闲事其实是想找个人撒撒气……”

那晚他们通了一个多小时的电话，电话里百分之三十的时间他们在讨论蔷薇今天在公司被老板批评以及回家路上跟城管吵架的事情，百分之四十的时间蔷薇的前任站在她的角度在对她感同身受地帮她分析着对错，还有百分之三十的时间，前任以一切为蔷薇好的立场思考了这件事可能会引起的后果，并叮嘱了蔷薇日后处理问题时需要注意的事情。

但是挂完电话后，蔷薇并没有开心起来。这件事过了没几天，蔷薇跟那位懂她的前任说了分手。

面对姐妹们的惋惜，蔷薇无奈地说："那天我只是想他电话里陪我吐槽一下城管，有些事情不想提起，有些心情不想坦白，他却一下子全都说出来了！"

如果你十分了解你的恋人，却不会婉转避开对方不愿提及的烦心事，反而带着对方在烦恼里绕圈，总有一天，对方会因为感到疲惫而选择离开。

## 三

突然想到《暮光之城》这部电影。

英俊的吸血鬼爱德华跟美丽的贝拉在一起了。爱德华一直在用生命保护并深爱着贝拉，他给了贝拉盛大的婚礼与浪漫的蜜月旅行，他让贝拉成了他的家族成员……可是拥有读心术的爱德华，一直都读不到贝拉的心。

也许，正是因为不懂她，爱德华才会这样毫不动摇地爱着贝拉吧。

想象一下，假如你有一个深爱的人并且能一眼读懂她，包括她每一个起伏的心绪，每一个矛盾的想法；你能清楚地了解她是真的爱你，还是虚情假意；你也无须猜测，就能看出她有什么顾虑，她冷静的外表下隐藏着怎样焦躁的心，或者她快乐的伪装下有什么不想说的烦心事。

如果这一切你都能清晰地读到，你还会如痴如醉地爱上这个人吗？还会因为猜不透对方而烦恼沮丧吗？

四

最近的热播剧《欢乐颂》已经大结局，跟奇点感情一直很稳定的安迪最后选择了分手，并在度假时与小包总在海滩上甜蜜漫步，嬉笑打闹。

剧中，奇点一直都做着最懂安迪的那个人，他观察着安迪并深入地去了解安迪，他陪伴在安迪身边，适时地给予劝告与安慰，让安迪不那么紧张和害怕。他也一直在努力帮安迪打开心扉，走出自闭，让安迪愿意去接触和容纳更多人。

可是，对于一个并没有丰富恋爱经验的三十岁女人来说，你太懂我，只会让这份爱太沉重，因为我只是想要一场少女的恋爱。

小包总的率真与阳光吸引了安迪，只有和小包总在一起时，安迪才像解放了天性。他是无法像奇点那样懂安迪，但他却可以给安迪不顾一切的激情和爱。

如果一个人，他不懂你，却深爱着你并能够帮你找到内心最渴求释放的天性，你会拒绝这份简单的幸福吗？你看，安迪最后和小包总走在海边的模样多么快乐。

五

《龙枪编年史》里有段话：

你理解不了我，跟不上我的思维。

你无法观察到我灵魂里镜面的裂隙。

还有我灵巧戏法背后阵阵作痛的空虚。

但是，你爱我。

两个人在一起，都要为彼此留一些心事，爱情之所以有趣，在于能够在互相揣度中在乎与珍惜，如此，这段感情的保鲜期才会更长久一些。是不是足够懂一个人并不是最重要的，重要的是你用自己的方式去爱她，而恰好，她也需要这样的爱。

不是两个人想法观念对上就能够拥有一拍即合的爱情。有时候，你不太懂她为什么不高兴，却知道给她什么样的爱哄她开心。懂你很难得，但爱你却更令人动容。也许真爱就是：我不需要太懂你，却依然可以深爱你。

# 你丑成什么样子我都爱你

## 一

最近又看了一遍今何在的《悟空传》，天蓬和阿月的爱情仍然让我很感慨。你的生命里有没有这样一个人呢？他好看的时候你喜欢他的颜，不好看了也觉得他丑得特别顺眼特别安全。

八戒被贬入凡间前，阿月让他吞下了一颗可以清除记忆的药，与其思念这么痛苦，不如忘记，况且，从前英姿帅气，却要落入凡尘沦为一头猪，这是何等的煎熬，但被贬下凡间的天蓬却选择了没有真正吞下。《悟空传》里，每次看到这段话我都觉得特别悲伤："一天后，一只村中圈中的母猪惊异地看着那只刚出生的小猪，别的小猪都往她怀里拱，只有那只，摇摇晃晃向栏杆外钻去。忽然，小猪狠狠从嘴里吐出了什么东西。那是一颗红色的药丸。"

天蓬是变丑了，但他对阿月的爱一直没有变，所以在《悟空传》里，我们看到了一只喜欢看星空的猪，一个总是沉浸于思念的痛苦里的猪八戒。

五百年后，八戒跟阿月在被暴雨冲毁的银河下重逢，大火快要烧到宫殿时，阿月还是没有离开而是在等她的天蓬回家，直到大火真的已烧进宫殿中，宫殿外一直没有勇气以猪的模样见阿月的八戒才终于不顾一切地冲了进去救阿月，见到八戒的阿月一眼就认出眼前的猪八戒就是她的天蓬，她苦苦等待的爱人。

八戒跟阿月在大火吞噬的银河里紧紧抱着，永远地在一起了。庆幸的是，阿月一直在等着天蓬回家，即使他变成了猪八戒她还是会认出来并依然深爱。最后的死亡对于八戒与阿月来说，我觉得更是一种比翼双飞的成全。

或许，真正的爱情就是你丑成什么样子我都爱你，因为爱你，所以你身上的美好，别人看不到，却只有我看得到。

## 二

想起梁家辉与其太太江嘉年多年相濡以沫的感情。看过江嘉年早期照片的人肯定都会惊讶原来她那么美。他们结婚 29 年了，梁家辉在岁月的沉淀里变得越来越有味道，但是江嘉年却受到岁月的摧残，生完孩子后身材走样，因为生病吃一些含激素的药导致身材严重变形，可她依然是梁家辉眼里最美的女人。

通常我们认可的爱情大抵都有着俊男靓女那般势均力敌的长相，所以当梁家辉依然魅力十足时，江嘉年却被香港媒体形容为“体态臃肿，面容憔悴”，受到不少热议。可是梁家辉依然在每次逛街时紧紧地握住她的手，梁家辉说：“如果她长得那么漂亮的话，她就是女明星了。生活中我们就是平常人，过得很随性，没必要刻意装扮。”

梁家辉与梁太太之间契合的感觉很让人感慨，通常情况下，我们都会理所当然地喜欢好看的人，可有些时候，你喜欢的脸别人并不认为好看，但是某些特质的附加会让那个人变得散发出只有你懂的光环，就好像很多剧中的角色，配合着剧看，你才会觉得他帅得让你心动。

感情也是一样，你爱的人会因为你的爱自带光环，不管他丑了还是老了，是他就好了。

三

梁家辉曾经一度遭封杀，导致没人敢找他拍戏。那段时间，生活拮据的他甚至靠摆地摊维持生活。那时候的梁太太江嘉年是香港电台制作人，年轻美貌，前程似锦，却没有嫌弃梁家辉并跟他在一起。

他们结婚时，梁家辉只有八千块港币，花了八百块给江嘉年买了戒指，剩下的钱在酒店吃了一顿丰盛的晚餐，订了一间蜜月套房，就花完了。新婚之夜，一贫如洗的梁家辉问她："嫁给我委屈吗？"江嘉年说："不觉得，我相信你以后是不会让我伤心的。"

梁家辉拍摄《情人》这部电影时，被黑帮拿着枪强行从片场带走，江嘉年当时也被强行软禁，但她仍然淡定地说服黑帮老大与她谈判，因为她的那句"我今天来了，就没打算活着出去，我不怕死……但我和家辉死，对你们也没有好处"说服了黑帮老大。

重获自由的梁家辉在机场抱住来接机的江嘉年，放声痛哭，这是他唯一一次在公众场合的失态。那一刻，梁家辉就发誓，他一辈子都会珍惜怀里的这个女人。

四

在看《悟空传》之前，猪八戒在我脑中就是好吃懒惰又好色的角色，后来我看过《悟空传》很多遍，每一次都会为八戒跟阿月的爱情感慨，因为八戒对阿月的爱情，很多次我都会觉得自己也是阿月，也深深地爱着虽然很丑的八戒。

想起《武林外传》第二十四集里，当郭芙蓉误将辣椒酱当作面霜涂在了脸上毁了容时，秀才对她说：“你嫁给我吧。”郭芙蓉捂着自己的脸说：“可是我的脸……”秀才说：“没关系的，我记得你好看的样子。”

有一句话叫“情人眼里出西施”，这句话不无道理。就像梁家辉与江嘉年，他见过最美时候的江嘉年，也见过现在身材走样的江嘉年，但不管从前还是现在，容颜可以改变，爱不会改变。只因为她是江嘉年，他心中唯一的爱人。

五

小狐狸对小王子说：“只有用心灵才能看得清事情的本质，真正重要的东西是肉眼无法看见的。”

只要我们还是我们，那么我们对彼此说过的每一句话做过的每一件事都证明着这一路我们走过的点点滴滴，都证明着我们是相爱的。当我们用真心去体会，就会明白，这就是真正重要的东西。

爱情的好坏与长相无关，也与他人的评论无关，只要你是我的天蓬元帅，就算顶着一张猪头脸又何妨呢?

我就是爱你，你丑成什么样子我都爱你。

我们都有该去的未来，

谁为谁停留徘徊，

你一直都在，

你终于不在。

我感兴趣的是为所爱而生，为所爱而死。

# 最动人时光，未必地老天荒

一

小秋和小自己五岁的阿泽在一起了，只有爱情，没有婚姻，小秋是阿泽的情人。

这世间婚外情大抵分为两种：情难自控的，欲壑难填的。离过两次婚，带着一个儿子生活的小秋与已有妻室的阿泽，他们属于前者。

婚姻意味着责任和义务，就如《礼记》中所说，“婚礼者，将合二姓之好，上以事宗庙，下以继后世也”，婚姻不仅受法律保护着，还受道德制约。

但爱情偏偏没有这些，就如《诗经》中所写，“有美一人，清扬婉兮。邂逅相遇，适我愿兮。”爱就是爱了，哪有那么多缘由。

可怜，世人都爱谈爱情与道德。

二

想起赵四小姐和张学良的爱情，这段倾城之恋，时常被搬进爱情与道德的辩谈中。

真爱当如赵四小姐，你辉煌时，我不要名利，陪你指点江山，笑看风花雪月；你落魄时，我不离不弃，同你粗茶淡饭，细嚼柴米油盐。

当年十八岁不到的赵四小姐爱上已为人夫的风流少帅张学良，不求名分也不顾家人反对，一路跟着张学良。一同跟着的，是三十六年的小三身份。

再说陆小曼与徐志摩，两人刚认识时，小曼婚姻在身，志摩为了追求她众叛亲离，小曼最后选择走出婚姻，与志摩相爱，成了当时社会认为的不道德的女人。

在中国这样一个高举道德旗子的社会中，如果没有巨大的勇气与不顾一切的决绝力量，你是很难做出与之抗衡的决定的。

赵四小姐三十年后终于嫁给了张学良，陆小曼最后也嫁给了徐志摩，但不是人人都可以成为她们，比如小秋，她如飞蛾般坠在与阿泽的情深火海里，但初恋般炽热的情愫硬生生隐忍在了世俗，没有祝福，没有结局，只有小心翼翼，又热烈赤诚地爱着。

## 三

“我一生渴望被人收藏好，妥善安放，细心保存。免我惊，免我苦，免我四下流离，免我无枝可依。”

对于小秋来说，阿泽大概就是自己这辈子渴望的那个人。

十年前，父亲含冤入狱，判刑五年，母亲患糖尿病，病情加重，小秋遭遇了第一任丈夫的背叛，濒临崩溃。阿泽便是在这时候出现。

小秋美丽聪慧，优秀帅气的阿泽对她一见钟情，那时候的阿泽像是全身闪着光的骑士，带着小秋慢慢走出黑暗，男才女貌却并没能终成眷属，小秋接受不了阿泽的爱意，对小秋而言，自己离过婚且带着一个孩子的身份，怎么配得上前途无量的阿泽？

这一错过，便是十年。十年间，小秋创业成功，与一个大自己七岁，同样离异带着孩子的男人组了家庭，阿泽迫于父母压力也娶了另一个等着自己的姑娘。

直到命运又跟小秋开了一个巨大的玩笑，残忍地撕碎了现实丑陋又真实的面容，小秋遭遇了第二任丈夫的背叛：男人婚后私自把小秋的财产转移到自己名下，甚至以小秋的名义对外担保了巨额贷款，之后便消失不见。再次遭遇不幸，小秋甚至失去了生存的念头，这时候，带着光的阿泽再次出现在被黑暗包围的小秋身边。

人生跌宕起伏，难得可贵的是，爱与等待一直都在。如果你就是真爱，不管以什么身份，这一次，我只想好好爱。

小秋和阿泽在一起了。

## 四

爱情是冲动，是情难自控，当戴上“婚外情”的帽子后，爱情是想要冲破道德线的束缚边缘，又不得不妥协与克制的无奈。

王家卫的电影《花样年华》是由梁朝伟与张曼玉主演的一段关于婚外恋的故事，故事最后，梁朝伟说，我不再找你了。

是真是假，谁知道呢？大多数时候，我们带着真的身份谎话连篇，带着假的身份真情实意。梁朝伟说的是真的，尽管他犹豫过。

“如果我多一张船票，你会不会跟我走？”这是影片中的经典台词。只是还没等到张曼玉的答复，梁朝伟便转身离去了。真正的爱情，似乎都活在这样震撼人心却叫人叹惋的缺憾美感中。

就像电影《廊桥遗梦》，男主与已有家室的女主因桥结缘，经历了四天的相亲相爱后，男主想带女主私奔，女主却选择了家庭。此后，一别却成了永远。

四天短暂的浪漫欢愉，成了铭记一生的回忆，道德的束缚，造就了一生的遗憾。令人感叹的是，最后两人的骨灰，都撒在了当年见证二人爱情的桥上。

爱情可以妥协给道德，却妥协不给时间，它是一瞬间发生，却用一辈子进行。

五

“谁与我共黄昏，谁同我粥可暖”，这是小秋写在朋友圈的话。

这一世兜兜转转，流离漂泊，已经历诸多苦难，还能与你相爱，便是万幸。早已不追求山珍海味，只想与你共度黄昏，粗茶淡饭。但我知，我不能。

阿泽想离婚娶小秋，小秋拒绝了，她不愿意他卷入道德舆论的风口。

还君明珠双垂泪，恨不相逢未嫁时。即使知道没有结局，我亦甘之如饴。

也许，就像《罗生门》歌里唱的，也是你我心知肚明的：最动人时光，未必地老天荒。

麦浚龙、谢安琪版《罗生门》歌词：

若果你　未觉荒谬
被传闻谈论的疯子挽着手
很感激　喜欢我十年仍不休
近日旧同学说我已　耿耿于你心六百周
很可惜　这一世未能长厮守
但事实如若告诉你或更内疚
我爱过哈罗吉蒂吗似乎没有
狄更斯是漫画吗　仍然少女误会了吗

迷恋蔽眼才给美化　但其实真懂得我吗
那动人时光　不用常回看
能提取温暖以后渡严寒　就关起那间房
最动人时光　未必地老天荒
难忘的因你太念念才难忘
容易抱住谁十年　最难是放
真心讲　想起那段情仍不枉
若路上重遇会笑笑问你近况
你每晚更新的脸书却无谓看
离别了若想心安　先不要每夜重翻旧案
望着更好的地方　为下段爱恋吸收阳光
那动人时光　不用常回看
能提取温暖以后度严寒　就关起那间房
最动人时光　未必地老天荒
难忘的因你太念念才难忘
容易眼泪流十年　难再擦干
还在叹息那爱恋不到气绝便已安葬

## 两个人一起无聊，就不算无聊了吧

闺密给我打电话：“吃不吃粽子，我第一次包了粽子哦。”

“你什么时候无聊得竟然学会了包粽子？”

闺密笑着说：“我也觉得包粽子很无聊，但两个人一起无聊，就不算无聊了吧。”

闺密跟我讲起她和男友阿俊是怎么“一起无聊”的。

“将黑糯米和糯米以及腊肉都先洗干净，记得把腊肉切丁哦，然后把棕叶和粽叶都洗干净，让棕叶过水……”那天，闺密一边指手画脚地提醒阿俊，一边偷瞄着手机上的包粽子的方法，并摆出一副老师指导学生的样子，“把这些糯米先用开水煮沸了……”

阿俊突然抬头看着闺密笑得很大声，然后一下子抓住了闺密拿着手机的手说：“大神，说好了你亲自教我，我可不要度娘教。”

接着闺密跟着阿俊肆无忌惮地大笑了起来。闺密说，后来她和阿俊一起吃着他们自己亲手包的粽子时，觉得这是世界上最好吃的粽子。

也许，幸福就是当有一个人陪你无聊时，你们两个都不觉得无聊。

谈恋爱其实是一件很无聊的事情，恋人之间会说很多无聊的话，也会做很多无聊的事情，比如“今天晚上吃什么？”“你在干什么？”，但爱本身就是一件有欲望的事情，其实这些话本来也带着其他意思，例如“晚上见面一起吃饭吧”“我想你了”。

哪怕我躺在你身边你温柔地帮我掏耳屎，或者我们一起窝在沙发上玩手游一句话都不说，一起消磨的时光非但不觉得无聊，还会觉得很有意义。

当一对爱人一起“无聊”时，这其实会变成一件有趣的事情。有一个长得很漂亮的朋友，高中时和一个坏小子早恋，问她怎么会喜欢上那样的人时，她说，因为他很有趣，而她所说的“有趣”就是“带她去河边钓鱼”“带她去网吧一起玩一下午的网游”……

叔本华说，生命是一团欲望，欲望不能满足是痛苦，满足便无聊。周国平认为叔本华只知其一不知其二，完全无欲望是一种恬静状态，无聊却饱含着不安分的成分。

有一首歌叫作《我想和你虚度时光》：

我想和你虚度时光，比如低头看鱼
比如把茶杯留在桌子上，离开
浪费它们好看的阴影
我还想连落日一起浪费，比如散步
一直消磨到星光满天
……
我还想和你互相浪费
一起虚度短的沉默。长的无意义一起消磨
比如靠在栏杆上，低头看水的镜子
直到所有被虚度的事物在我们身后，长出薄薄的翅膀我想，这就是恋人之间最美的无聊时光。一个人的无聊是寂寞，两个人的无聊是陪伴，最有意思的生活莫过于和有趣的人，做无聊的事。

而光阴，

终将宽慰你经受的所有辛苦与劳累。

爱可以是一个人的事情，
爱情却是两个人的事情。

# 我想和你过一日三餐的生活

一

阿晨第一次约小牙吃饭时，把菜单递给小牙，小牙点了一份最便宜的土豆丝后就把菜单推给了阿晨，阿晨点了一份糖醋排骨，准备再点时，小牙说，两个人一荤一素够吃了，点多了浪费。

阿晨觉得小牙是个好姑娘，善解人意又不爱慕虚荣。那时候才大学，二十出头，每个月花的是父母打的生活费，口袋里的票子都得精打细算。

后来，小牙请阿晨吃烧烤，阿晨点的都是便宜的素菜，阿晨说："你知道吗？我超级喜欢吃烤的素菜，但就是不爱吃烤的肉类食物。"

也许，重要的不是吃什么，而是跟谁一起吃。那一顿，阿晨和小牙吃得都非常开心。

以后但凡去吃烧烤，小牙都会主动帮阿晨拿好素菜，小牙说："反正你又不吃肉，你就坐着好了，我顺便帮你拿好菜。"阿晨笑着看着她，满眼都是爱意。

后来两个人感情稳定，每次小牙对阿晨说："你吃饭了吗？"

阿晨就问她："想我啦？"阿晨对小牙说："出来一起吃饭吧。"小牙就问他："想见我了？"

和喜欢的人在一起吃饭，是一种陪伴与享受。毕业前的那几年，阿晨与小牙几乎每日三餐都是一起吃的。

## 二

毕业时，几个朋友喊他们一起去户外野营，烧烤时，小牙看到阿晨在咬鸡翅时眼睛都瞪圆了，你吃烤鸡翅？！

阿晨点了点头。

小牙问："你不是一直不吃吗？"

阿晨说："那一次你请客，为了不让你破费，我就骗你说我不吃烤的肉，没想到一骗就骗了这么久……"

小牙什么都没说，把刚烤好的里脊递给了阿晨，眼睛湿润了。

那天烧烤，小牙在烧烤摊前为大家烤着肉，一直没怎么吃，食材快烤完时，阿晨把小牙拉过来："你一直在给大家烤着，都没怎么吃，刚刚隔壁烤摊的朋友送过来几个奶黄馒头，我知道你喜欢吃这个，我就给你留着呢，快吃吧。"

小牙知道，奶黄馒头，也是阿晨喜欢吃的食物。

以前看过一个故事，是说妻子和丈夫都很饿，于是妻子用家里最后两个鸡蛋做了一盘炒鸡蛋，端到餐桌之后去忙其他事，忙完后，一盘美味的炒鸡蛋被丈夫吃得一点都不剩。妻子委屈又心寒地问丈夫为什么不给她留一点，丈夫理直气壮地回答："你又没有让我留给你。"

可能，只有足够爱一个人，才会去心疼对方的胃，而不是只在乎自己的肚子。

三

一屋二人三餐四季。

毕业后，阿晨和小牙去了同一个城市工作，一起租了房子，开始了同居的生活。锅碗瓢盆，柴米油盐都买好了，两个人再手牵手一起去菜市场买了菜回来。小牙第一次煮的饭像一锅粥，番茄炒鸡蛋全黑的，但是阿晨不仅吃得很香还吃光了。

吃完后小牙开始收碗，阿晨从小牙身后抱住她：“我还没吃饱，怎么办？”

当小牙正疑惑阿晨怎么突然变成大胃王时，整个人身子一斜，被阿晨公主抱起向床走去，阿晨在小牙的耳边温柔地说出四个字：“我想吃你。”

有一首歌叫《万物生长》：就这么吃你，用所有的牙齿和所有的记忆，就像云聚了，云又去。稠稠地，急急地，狠狠地，吃你……

有一句话叫作“我只想跟你做四件事，一日三餐，第四件事就是要在床上‘吃’你。”一日三餐的人间烟火，晚上再来一顿胜却人间烟火的你，这才是我想要的柴米油盐。

四

因为小牙的不擅厨艺，从前只会做蛋炒饭的阿晨还特地去买了本菜谱回来自己研究，渐渐地对掌厨这种事也得心应手。

如果有人对你说，“我给你做饭”，那么在那个人的心里你一定很重要。我爱你，也许可以随便说说，可饭，不是随便做做就好的。且不说挑菜、买菜、折菜、切菜，就算是下锅，炒、蒸、煮、炸，都是耗费心力的一件事，所以，当有人愿意为你做饭，请好好珍惜。尤其当这个人还是个男人。

张曼玉说：“到了我这个年纪，最喜欢的是一个煮得一手好菜的男人。”张小娴说：“拥抱一个爱煮饭的男人，才是得到了一张真正的长期饭票。”

小牙身体不舒服的时候，阿晨除了会给小牙做营养餐外，还会特地做她平时爱吃的那些可口饭菜，小牙每次嚷着被阿晨养胖了要减肥的时候，阿晨又会露出要流氓样的笑容：晚上睡觉时让我好好摸摸，都是哪里胖了，就是要把你养胖，才更好吃呢……

## 五

李安电影《饮食男女》中，我最爱的是开头的饭和结尾的爱。芸芸众生，我们皆是饮食男女。

一起吃个饭，容易又不容易，吃饭的对象是谁？是那个会说“她喜欢甜怕辣，最不爱的是香葱、大蒜的味道”或者“他喜欢吃香辣猪蹄或者东坡肉，最怕榴梿的味道”这类话的人吗？

《礼记》中说，“饮食男女，人之大欲存焉”。凡是人的生命，不离两件大事：饮食、男女，即生活和性。美食作家费雪说过：“与人分享你的食物，是不应随便为之的亲密行为，请谨慎。”的确，饱暖才会思淫欲。

我爱你，所以才想跟你一起吃饭。来日方长，我们要成为习惯。

# 最舒服的关系，独立又亲密

一

知道杨子快结婚的消息后，我问阿宁："你打算抢婚吗？"阿宁笑着说："开玩笑，我老公会允许我这么做吗？"

很多故事的最后，大概都是这样，一转身，一天涯，各觅良人。只是，与他人相濡以沫的我，怎敢与你相忘江湖，奈何再说起，因为各自安好，却也云淡风轻。

时隔这么久，很欣慰如今的杨子和阿宁都找到了自己的幸福，但故事的一开始，他们是恋人。

二

高中的时候，阿宁喜欢吃甜，杨子就天天给她买巧克力；

阿宁喜欢周杰伦，提前一个月，杨子就买好两张演唱会的门票；

阿宁迷上网游，杨子二话不说跟她进了同一个区，把一个月的生活费都充进游戏只为在游戏里给她一个完美的婚礼……

那时候的阿宁被杨子宠着，杨子对阿宁也心甘情愿地付出着，似乎没有人能闯进他们亲密无间的二人世界。

毕业的时候，阿宁因为有事没来参加聚会，那天大家都喝多了，一个女生从包里拿出一盒巧克力给杨子：“看你每天给阿宁送巧克力，就不知道你家阿宁有没有给你送过巧克力，如果没有，那这盒你肯定得收下”。

大家一阵起哄中，微醺的杨子笑着说：“收，怎么不收，这真的是我收到的第一盒来自女生的巧克力。”

## 三

后来，喝多的杨子开始抱怨。

他说，他喜欢阿宁，但时常受不了阿宁的占有欲，在阿宁面前，他不能同女生说话，包括女老师，背着阿宁，也不能“勾搭”异性，加上阿宁强大的女生缘，每一次杨子和哪位女生多说了话，都有人去告诉阿宁，为此他们吵过很多次，但每次都以阿宁的哭闹与杨子的妥协告终。

毕业聚会那天有女生给杨子送巧克力和杨子喝多时抱怨阿宁的事很快就传到了阿宁耳边，伤心欲绝的阿宁吞了她妈妈的半瓶安眠药被送进了医院。

听说阿宁出院时杨子跟她分手了，填志愿的时候，两个人一个选择了南方，一个选择了北方。

## 四

阿宁的做法有些偏激，杨子的决定有些残忍，但两个爱得好像全世界都无法将他们分开的人，真的分开了。

或许，对于阿宁，她所做的一切，不过是过于用力地维护一段恋爱关系，在那段关系中，阿宁有依赖和独占的需要，杨子也有被依赖和被唯一的需要，于是两个人亲密无间。

只是，当一方过于担心另一方一旦离开自己的控制范围时，这份关系中的平衡就会被打破，分离便成为必然。

那天喝醉时的杨子，其实除了抱怨，还说了这么一段话：阿宁是他守护的公主，哪一天，如果他和阿宁分手了，那一定是他心死了。

其实，痛的不仅是留下的那个人，选择离开的人也会痛。

五

今天，四处都是朱莉与皮特离婚的消息，2005 年，在他们搭档出演《史密斯夫妇》电影后，两人进行了近十年的爱情长跑，此后步入两年的婚姻生活，情比金坚，风风雨雨一起走过。

离婚申请书上，朱莉写的理由是：不可调和的分歧，主要是在教育孩子的方向上两人分歧极大。

其实，这两年，很多媒体资料上都说，朱莉与皮特都是控制欲很强的人，去年，朱莉接受采访时说起皮特，透露过两人经常争吵的问题，她说："我们两个之间有属于我们自己的问题，我们也有过想要支配对方跟想要属于自己空间的那段日子。"

而结婚的时候，朱莉说过："我们俩是一个整体，也是具有个性的不同个体，这样才相互吸引。我们在一起的时间非常多，当然也放弃了很多工作和事业，相互鼓励、彼此感恩，正因为如此，才更深刻、更真实地了解对方。"

那时候他们的爱情互相独立又彼此交融，如今，对于他们离婚的真实原因众说风云，但毋庸置疑的是，他们已经丢失了爱情里最初的状态。

两个人在一起最舒服的状态大概就像安妮宝贝写的那样吧：有两个独立的房间，各自在房间里学习、工作；一起找小餐馆吃晚饭，散步的时候，能够有很多话说；拥抱在一起的时候，觉得安全；不干涉对方的任何自由，哪怕她还在和旧日男友联络……

可能，这才是最好的爱情。

## 六

曾经给杨子送巧克力的女生报了与杨子一样的大学，并成为杨子的女朋友。那位女生一直都很独立，大学时做家教自己赚生活费，从不问杨子要什么，也不管杨子每天跟谁见面，但每天晚上杨子都会在她做家教的门口等她下班接她回学校。

当年暗恋杨子的这个女生现在是杨子的未婚妻。

进入大学后的阿宁和比自己大一届的学长在一起后，报了舞蹈班，每天和学长待在一起的时间并不多，但做着自己喜欢的事情，每天见到自己喜欢的人，每天都过得很幸福。

大四的时候，阿宁和学长领了结婚证。

## 七

安妮宝贝的那段话后还有一段话：最好的爱情是两个人彼此做个伴。不要束缚，不要缠绕，不要占有，不要渴望从对方身上挖掘到意义，那是注定要落空的东西。而应该是我们两个人并排站在一起，看看这个落寞的人间。

不管是杨子与阿宁，朱莉与皮特，还是你或者我。

大概，都曾纠缠，难舍难分，以为每时每刻的相依便是长情。直到转身之后，遇见新的人，开始新的生活，才明白：对于爱人，最舒服的关系，是独立又亲密。

# 第二章

# 我爱好不多，爱你算不算

我的勇气和你的勇气加起来，
对付这个世界总够了吧？
去向世界发出我们的声音，
我一个人是不敢的，
有了你，我就敢。

——王小波

# 那些小别重逢，都是爱里甜蜜的考验

一

《太阳的后裔》昨晚剧终。

“老公”宋仲基离开的第一天，死党阿美说：“我再也不换老公了。”

姑娘泪眼汪汪，继续说：“因为老公离开我们，不代表就是要丢下我们。”

毕竟陪阿美追完了整部《太阳的后裔》，听她说这几句话，我竟鼻子泛酸。

离开，重逢，听上去也许有些凄凉，但相聚别离都有时候，这就是人生。

剧中宋仲基饰演的柳时镇与宋慧乔饰演的姜暮烟也一直上演着“分手”再“重逢”的桥段。

可是，那些小别重逢，都是爱里甜蜜的考验。

## 二

在乌鲁克机场，姜暮烟眼睁睁看着穿着军装的柳时镇一点点向自己走来，从模糊到清晰又擦肩，心里翻江倒海。

她知道自己爱着眼前的这个人，可她更知道自己做不到去爱这样一个随时可能消失的人，所以拒绝了这份不是自己所期望的相遇。

而柳时镇，他第一眼就爱上了这位有点傲娇却美丽动人的医生姜暮烟，可他也知道自己的工作不能给对方安稳的爱情。

既然有缘无份，何必纠缠，不如再见。

再见，便是再相逢时，彼此都没有言语，可在眼神的交汇里，谁都没有抵挡住对彼此的爱意。

纵使相处不如人意，与你相逢仍是幸事，爱了就是爱了，那些阻挡彼此相爱的条件在无形而坚韧的力量中渐渐消弭。

在柳时镇调令回国前，姜暮烟依旧对这份爱情犹豫着，她怕自己越陷越深，怕有朝一日，再找不到这个说了再见就消失无音讯的男人，她怕有一天，终究会失去他。

如果不能有好的开始，不如不要开始。她违心地让柳时镇对那一吻道歉，受伤的柳大尉连夜不告而别。

分别后，彼此思念，直到地震发生，再相逢时，两人在远距离的凝视中倾诉了所有想念，而后又投入进各自的战斗中去。

当柳时镇弯下腰为姜暮烟系紧鞋带的那一瞬，之前的口是心非顿时土崩瓦解，两个人的爱意，更浓了一层。

剧情在悲喜中起伏。在姜暮烟得知自己永远失去柳时镇的那一瞬间，整个人泣不成声。

坚强的她一直在努力按照柳时镇的遗言健康快乐地生活，一年过去了，在柳时镇忌日前一天，姜暮烟忍不住去了阿尔及利亚，决定将石头留在沙漠中。

相逢的人终究会再相逢。姜暮烟竟听到对讲机中柳时镇呼叫自己的声音。

她转过头看着远方的人影，朝他奔去，想要看清那张脸，是否是自己魂牵梦萦的那个人。当紧紧相拥时，这一次，姜暮烟终于不再掩藏心意，而是对着眼前失而复得的爱人不断地说着我爱你。

真爱不仅能打败条条框框，并终将化解苦难。命运无法将两个真正相爱的人分开，再次相逢，我只想永远留在你身边。

三

死党小美之所以爱惨了这部剧，因为她也是个医生，她说："其实姜暮烟几乎是我们所有普通人的代表。内心藏着一颗对本职业神圣的心，但总因现实所妥协。"

很多时候，让姜暮烟与柳时镇分开的，也源于两个人不同职业带来的价值观。

就像姜暮烟说的，乌鲁克不是她待的地方，她想要表达的意思，也许是，她并不想在一个贫苦的地方做一个志愿医生。

对于大多数普通人来说，我们所妥协的现实，是因为，我追寻的爱情，并不能给予我们心中想要追求的光鲜艳丽的生活。

她拒绝了柳时镇给她的石头，也拒绝了再回来的可能。

但在乌鲁克机场，当姜暮烟决定留下来时，她也决定了与从前的自己道别。

"现在允许我从事医疗事业，我庄严宣誓，将我毕生献给人类服务。把病人的健康与生命放在首位。无论种族、宗教、国籍和社会地位，只对病人履行我的义务。即使受到威胁，也绝不利用我的知识去做违背人道的事。以上誓言，我以人格担保，是自主而郑重的。"

为了不再与你分别，我可以与过去的自己道别。然后我才能真正明白，曾经誓词里说的话，所背负的义务与职责。

四

遇见姜暮烟前，柳时镇被动接受一切任务，是服从命令的优秀军人。遇见姜暮烟后，柳时镇主动承担应有的职责，因为情感而成为更加勇敢的优秀军人。

柳时镇的人生，从原先固有的命令公式，向着情感波动的方向倾斜而下，反倒变得愈加真实了。

与你分别时，我不得不割舍我的情愫。
与你重逢后，我想抓住最真切的情感。

很多时候，短暂的分别只是战略性的撤退。
因为我爱你，这是我给你最好的保护。

我离开你，并不是为了失去你，因为我依然会回到你身边。
很多时候，我只后悔太早离开你，让我差点失去你。

# 我爱好不多，爱你算不算？

一

阿莫约小萱在操场散步，小萱突然打起嗝来，阿莫一本正经地说："我有个办法能让你马上止嗝，你先用手捏住脖子，深吸一口气，然后闭上眼……"

小萱照做了，就在小萱闭上眼的瞬间，阿莫亲了上去。

在被大家调侃怎么追到小萱时，阿莫说："姑娘打嗝时亲她是给她最好的惊吓，也是让她止嗝的最好办法。"大家都笑阿莫真懂爱情的套路。

其实阿莫本来是个两耳不闻窗外事的学霸，但在喜欢上小萱后，他排满课表上又多了一门课：教你如何追到一个姑娘。

阿莫开始上知乎刷微博话题，"爱情里有哪些套路""女生什么表现说明她在乎你？""约会去哪里比较好？"……当然，还会时常找我咨询。

"她给我回这句话是不是表示她有点关心我？"

"我想给她买个抱枕你帮我挑挑样式？"

“我现在这样经常找她会不会招她烦呢？”

看得出来，阿莫是真的喜欢小萱。

在一起后，小萱问阿莫：“你除了读书，平时还有没有其他什么爱好？”

阿莫想了想，除了学习，空闲时间的心思好像都花在小萱身上，这算爱好吗？

阿莫尴尬地说：“我爱好不多，爱你算不算？”

小萱说阿莫真会讲情话，阿莫不好意思地笑了。

## 二

阿莫从不翘课，下课后大多数时间泡在图书馆里钻研学问，饭点时间会喊小萱一起吃饭，每天晚上回寝室前也都会约小萱去操场散步，最开始的时候，两人都很珍惜每一天在一起的短暂时间，见面时想说的话似乎永远都说不完。

但是，一个没有很多爱好的人，免不了会让人觉得无趣。阿莫没有加入任何社团，也没有打工实习，不擅长任何运动，也不会唱歌跳舞，没钱也没时间带小萱出去玩。

一个月后，小萱对阿莫说：“对不起，一辈子很长，我想和有趣的人谈恋爱。”

阿莫被甩了。

“我是不是得多培养些爱好，才有可能成为一个有趣的人？”阿莫问我。

“你为什么觉得自己不是一个有趣的人呢？”我反问。

其实我更想问要求和阿莫分手的小萱，一个人不懂套路，但为了你去努力学习套路，虽然爱好不多，但却一心一意好好爱你，难道还不算个有趣的人吗？

## 三

说起“有趣”这个词，我曾看过一个新闻，是说有人问绿妖怎么会爱上周云蓬那个靠着盲杖、吉他、黄酒走天下的浪荡歌者时，绿妖说：王小波小说里写，一个母亲对女儿说，一辈子很长，要跟一个有趣的人在一起。

所以这句话的出处也许是王小波也许是一个孩子的母亲。

在这个世界里，你会遇到很多人，但很难遇见一个有趣的人，如果遇到了，那就在一起一辈子吧。可是四年后，绿妖跟周云蓬分手了，也许是四年过去后，绿妖才发现周云蓬并没有自己想的那么有趣。

有句话是这么说的：因为有用而被需要，因为有趣而被喜欢，唯独因为无用无趣而被人爱。

我对阿莫说：“为什么要为了一个姑娘而强制自己去做一个‘有趣’的人呢？如果你要用很多爱好与很多套路来保持一个‘有趣’的形象逗那个姑娘开心。你应该会为某一天变回无趣而担忧。”

## 四

一开始，没有多少爱情经验的阿莫的确去研究过爱情里的套路，并用套路追到了小萱，可是真正的爱情，哪里是套路能套住的。

当你去研究“怎么勾搭一个姑娘”或者“怎么把姑娘追到手”的时候，其实不是在寻求怎么幸福，而是在钻研怎么得到。

感情真的是这个世界上最无可奈何的事，被分手的阿莫，似乎也明白了这个道理。

在小萱和阿莫分手后的第三天，阿莫生活平淡乏味地照旧进行。那天小萱体育课，八百米测试时晕倒了，小萱的同学不知道小萱与阿莫已经分手了，就拿起小萱的手机给阿莫打了电话。

当时阿莫正在进行高数的期中考试，电话响起，本能地准备按掉，但眼睛瞥到是小萱的电话，想都没想就奔出了教室按了接听，然后撒了腿奔去了操场。

这应该是阿莫大学的第一门需要补考的学科。

后来，小萱靠在阿莫的肩头说：“我以为你这种人永远把学习放在第一位呢。”

阿莫没有接过小萱的话题，只是说：“你太瘦了，营养不良，以后我每天多花点时间，想想怎么给你补身体，每顿我都要督促你吃饱，让你养点肉出来。”

朴实得不能再朴实的话，却把小萱感动得哭了。

小萱哭着鼻子说：“阿莫，我是说你这次因为我挂科，拿不到奖学金了。”

“可是我很开心啊，因为我重新拥有了你。”阿莫擦去小萱的眼泪，在小萱的额头留下了一个温柔的吻。

征服世界，不用出人头地，不用功成名就，不用腰缠万贯，哪怕有时候失了一点雄心壮志，但只要有你，这世界再差都不算太差。

爱能让我们的心容纳下另一个人，让我们变成除了为自己艰苦奋斗追求功名之外的另一个自我，从而变得柔软与知足。

## 五

也许有一天，你会喜欢上一个姑娘，于是你有了一个爱好，叫作如何追求一个姑娘。但你还要等一个机会，比如等到姑娘突然打嗝，你告诉她怎么止嗝，然后你亲了她，你们在一起了。

接下来，你们将共同走过漫漫岁月。在这段岁月里，两个人不完全对上的齿轮可能都会悉数暴露。这时候，你会不得不给自己培养更多的爱好，比如平日交流的方式，柴米油盐的烹饪，按摩后背的技巧，共同在外的举止……

其实，你所有想要培养的爱好，都不过是为了想更用心地去爱那个人。

六

“你有哪些爱好？”

“我爱好不多，爱你算不算？”

别嫌弃我无趣，这是我觉得最有趣的情话呢。

毕竟，阿尔贝·加缪说过，“我感兴趣的是为所爱而生，为所爱而死。”

喜欢你就要告诉你，大不了连朋友都做不成，

反正我不缺朋友，只缺你。

爱情是一个需要妥协与谅解，需要征服与臣服，

让彼此成为更好的彼此的过程。

# 我这么主动，还不是因为我爱你

一

闺密谈了个叫阿俊的男朋友。

“阿俊，你笑起来真好看！”

“……”

“阿俊，你的牙齿真的好白啊！”

“……”

“阿俊，你一定很会刷牙吧！”

“……”

“阿俊，我想每天早上陪你一起刷牙！”

第二天，闺密把行李搬去了阿俊的住处。

后来跟闺密聊起他们同居的事情，闺密说：“你还记得我们一起看过的电影《美丽心灵》里，约翰·纳什说的那段台词吗？”

我很喜欢你，而你对我这么主动也证明你喜欢我，然而照规矩在我们发生性关系之前，仍要来上一段柏拉图式的爱情，而我正在进行那种活动，然而就事实而言，我只想尽早和你上床而已。

也许，当你喜欢一个人到欲罢不能的时候，你就想和他亲密无间，抵死缠绵，想和他翻云覆雨，共赴巫山。

二

我经常调侃闺密："阿俊跟你在一块，还不是因为你主动勾引他？"

闺密和阿俊还没在一起时，闺密在他身旁总是扮演着"林妹妹"的角色，一个字形容：作。

和阿俊轧马路，每次遇到台阶时闺密都要跑到台阶的最高处然后往前走，走到台阶尽头时，不肯走台阶下来，主动张开手臂，非要阿俊站在下面抱她下来，但阿俊不在时，闺密就是那种能从两米高的看台上纵身而跃的女飞侠。

遇见蟑螂，闺密会表现出被吓得花容失色的惊恐样，手足无措地站在那，然后一个劲地往阿俊怀里躲，但阿俊不在时，闺密就是那种看见了蟑螂就会异常兴奋，一心想着拿什么去拍死它的女汉子。

"你这么作，确定能勾引得了阿俊爱上你？"

当时我问闺密这个问题时，闺密一本正经地作答：

《倚天屠龙记》里，张无忌最初会爱上周芷若，因为她个性软弱，经常受师姐欺负，武功还不高，一个人行走江湖受欺负怎么办。周芷若可以给张无忌一个她无法离开他的感觉，这也是最开始总有一堆人帮忙的赵敏处于劣势的原因。

后来，闺密和阿俊在一起了，他们刚确定关系的时候，有一次我们一起去一个朋友家玩，午饭时间，闺密自荐要掌厨，说要给大家展示一下她"贤妻良母"的手艺，然后一边把露出惊讶神情的我往厨房里推一边对我谄媚地喊着："亲爱的，我需要你帮我搭把手哦……"

关上厨房的门后，闺密一脸讨好地看着我："亲爱的，你知道的，我从来没有下过厨呢……"

等我炒完菜她端出去后，闺密笑眯眯地跑回厨房，抱着我说："亲爱的，你真棒，阿俊说我做的菜可好吃呢，哈哈，旁边的人都让他快把我娶回家！"

前些天，闺密以"要和阿俊每天早上一起刷牙"为由搬去和阿俊同居，其实是离家出走的举动。闺密的父母因为"门当户对"的理由反对他们的恋情，并给闺密安排了海归优质男的相亲，可闺密就要和阿俊在一起，并为此跟父母闹翻了，收拾好箱子跑来阿俊这里了。

当然，这件事阿俊也知道。

我劝闺密："你不如跟那个海归见个面，两人达成共识不合适在一起，给你父母那边一个交代，你继续跟阿俊在一起。干吗要把事情搞这么大，还离家出走……"

闺密眨眨眼，说："《倚天屠龙记》里，为什么最后张无忌选择了赵敏，是因为赵敏为了他众叛亲离，除却感动，用男人的角度来说，一个女人不顾一切的举动足以证明他的魅力值所在，哪个男人不想有这样的女人在身边？"

跟阿俊同居后，闺密还是照样作，经常因为一点小事就闹情绪，噘着嘴，一个人坐在沙发上不说话，眼巴巴地望着阿俊。等阿俊过来哄上几句，闺密马上就眉开眼笑了，勾着阿俊的脖子撒娇："那罚你抱我上床哄我睡觉好不好……"

用闺密的话说："男人是需要持续被勾引的生物，所以对阿俊，只要我爱一天，我就要作一天。"

三

最近热播剧《欢乐颂》，剧中曲筱绡的人生如果用一句话来形容，那就是：“老娘看不上眼的就请你麻溜儿滚蛋，要是老娘看得上的眼的，呵呵，你休想逃。”

可嚣张跋扈惯了的曲筱绡遇到让她怦然心动的赵医生，画风瞬间从“琏二奶奶王熙凤”变成“赵医生怎么办，人家的脚踝疼得不要不要的了”。

最后又作又主动的“曲妖精”成功勾引上“赵唐僧”，迅速“天雷勾地火”。

现在都流行喜欢禁欲系大叔，也许就是因为很多女生心里都有这样的想法：我很喜欢你斯文的样子，但更想看你脱下衣服流氓的模样。

扭扭捏捏欲拒还迎的矜持已经不是这个时代的主旋律，我这么喜欢你，如果我不作不主动去勾引你，你怎么会爱上我呢？

四

其实，感情里真的不能少了作。

就像琼瑶剧里那几句耳熟能详的台词：

“你无情，你冷酷，你无理取闹！”

“你才无情，冷酷，无理取闹！”

“我哪里无情，哪里冷酷，哪里无理取闹！”

“你哪里不无情，哪里不冷酷，哪里不无理取闹！”

瞧，明明只是一件小事，因为爱情，都能变着花样儿作天作地，然后又甜甜蜜蜜。

小作怡情，这不是没有道理，尤其对女人来说，你不对你爱的人作，那你要对谁作去？

还记得《情深深雨蒙蒙》里的雪姨吗？扮演者王琳在现实生活里其实是个聪慧优雅的女人，她曾经在接受采访时说过这么一段话：

大部分的男人喜欢女人作，女人不作，他觉得你是很淡的一杯水，没有味道。你作了以后，他会觉得你变成了一杯咖啡或者一杯柳橙汁，更有味道。所以我觉得女人还是应该作一点。

五

前些日子我跟闺密一起逛内衣店，向来走粉色少女系风格的她，竟然买了一套红色和一套黑色的内衣。

传说中最性感的两种内衣颜色。

结账时，闺密看着对她故意表现出一脸鄙视神态的我，突然很认真地说："亲爱的，我就是要让阿俊深深地迷恋着我，离不开我呢。"

看着这么认真的闺密，我想起曾经听过的一句话：

我这样一个做什么都三分钟热度的人，竟然可以喜欢你这么久。我这样一个从来没有计划的人，竟然能想出一个勾引你的计划。

据说，全世界顶级的巧克力对温度的感知是非常灵敏的，用手指将其送入口中，会立即化掉，手指上却沾不到一点。这就是完美的勾引。

六

关于爱情这件事，莎士比亚看得最透：爱情不过是一种疯；对性的探讨，泰戈尔最有见地：贞操是从丰富的爱情中生出来的资产。

还有人说："喜欢是想睡你，爱是想睡你一辈子。"

我想与你同衾共枕，相拥而眠。

我想陪你走过千山万水，穿过茫茫人海。

我想和你形影不离，如胶似漆。

我是主动，但勾引你，还不是因为，我爱你。

人 情 世 故， 物 是 人 非， 不 只 是 过 往。

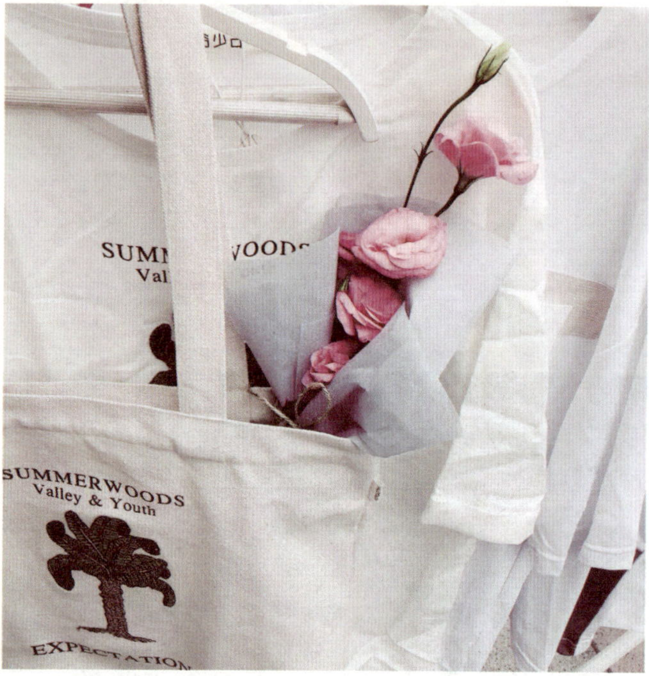


我 拨 开 层 层 人 海， 去 见 你。

# 互聊之前，先见个面吧

一

小凡和一个叫阿城的人网恋了。

平时生活里，小凡并不擅长表达自己，却和阿城每天都能聊很多话。从一开始彼此生活的琐事心情，到后来只与对方有关的情话段子。

“小凡，这辈子只想你受一次罪，那就是为我生孩子。”

“我爱你，阿城，我的裙下之臣。”

“阿城，我心里有情趣酒店的地址。”

“小凡，我不懂情趣，我只认你的身体。”

这是一个互聊的时代，聊着聊着，就春心荡漾。

认识的第五天，小凡发了条“春风十里，逗你，不如去睡你”的微博后，便买了机票飞去见阿城了。

“你不怕对方的照片跟本人对不上吗？”

“小心对方是个变态！”

“你这么开放，你妈知道吗！”

“……”

很多人在微博下评论。

我也给小凡评论了:“春梦里见到的人,醒来后不一定要去睡他。”

一个貌美如花的姑娘，抱着“睡你”的信念去见一个从未谋面的男子，到底长了一颗怎么大无畏的心!

二

阿城去机场接了小凡。

刚见面，阿城的一句“你长得怎么和你照片有点不一样”让两个人顿时尴尬了。

明明说好的剧情不是“见面时谁都不要说话，就让我紧紧地抱住你”吗?

吃完饭后，阿城带小凡准备去酒店开房，阿城说：“今天为了陪你我没去公司，今天晚上本来有事我也推了，继续陪你。”

但小凡拒绝了。

那晚小凡一个人在网吧打了一宿游戏，第二天就买了机票飞回来了。

三

回来后小凡找我喝酒，说：“其实我每天也和很多男生聊天，但只有阿城，不管什么时候我找他，他都在。”

小凡说这句话时，我想起了《艺术人生》里朱军与王志文的一段对话：

朱军问王志文：“40 岁了怎么还不结婚？”

王志文答：“没遇到合适的。”

“你到底想找个什么样的女孩？”

“就想找个能随时随地聊天的。”

朱军笑：“这还不容易？”

“不容易。”王志文说，“比如你半夜里想到什么了，你叫她，她就会说很晚了，多困啊，明天再说吧。你立刻就没有兴趣了。”

每个人都很寂寞，每个人也都怕尴尬，我们都怕与对方在一句客套的“嗯”或者冷淡的“哦”后就没有了后话，能找到一个随时随地聊天的人，真的不容易。

于是，在认识仅仅五天很短的日子里，这个能随时随地陪自己聊天的阿城，让小凡觉得，嗯，就是他了。

四

我问小凡：“见到他后，你觉得他就是你心里的那个人吗？”

小凡摇摇头，什么都没说。

我以前听过关于“镜像阶段”的理论，在我们半岁到一岁半时会经历“镜像阶段”，那时我们无法自主地感知和把握自己的身体，会将镜子中的自己看成他人。后来当我们做到了，心中充满狂喜，又会将镜子里光影的幻象当成真实——混淆真实与虚构，并由此对自己的镜像开始了终生的迷恋。

小凡打破了那面“镜子”，去见阿城了。只是在见面后发现，我虽然和你聊过，但我爱不上你啊，因为现实生活中的你不是我网络上认识的那个人。

生在一个互联网能当“红娘”的时代，一个网络社交平台，或者同一个微信群，就能让两个陌生人聊上。用“镜像阶段”理论分析，网络上的ID，比现实里的肉身，都会更接近“真实自我”。但网络不等同于现实，这表现在外貌、品行、思想等很多方面，即使你在网络上凭着“真实自我”的魅力找到了爱情，可是现实中的你依旧不是那个“真实自我”。

## 五

曾有网友发过一条这样的微博：木心先生少年时曾与一个湖州的女孩通信当笔友，信中主要谈论新旧约圣经的文学性及思想性问题。从前的车、马、邮件都慢，五年后二人才相约在苏州东吴大学见面。一切如梦幻泡影般，晚年的木心回想起这次见面仍感到很是绝望。用他的话讲：“我们勉强地吃饭，勉强地散步，到了晚上，天上勉强地挂起月亮”。

有网友评论：年轻时，我们只爱异性的躯壳，那个叫灵魂的东西还未觉醒，还没强大到脱离肉体去追寻伴侣。然而到了老年木心这把年纪，大半截入了土，回忆少年情事，仍然浅薄到令人鄙视。三个勉强否定了那位姑娘，也从自己的生命中抹去了这五年的时光。

再来说说《霍乱时期的爱情》这本小说，文艺青年阿里萨爱上了白富美费尔明娜，他们通过情书的方式展开了“地下恋”，可是当费尔明娜见到了阿里萨——“在那一瞬间，她恍然大悟，原来自己对自己撒了一个弥天大谎。她惊慌地自问，怎么会如此残酷地让这样一个幻影在自己的心间占据了那么长的时间。她只想出了一句话：‘我的上帝啊！这个可怜的人！’”在她的心中，现实的阿里萨总是可怜的，跟情书上那个激情洋溢的文艺青年，有着天壤之别。至此，恋情结束，费尔明娜决绝地画上句号。“‘不，请别这样。’她对他说，‘忘了吧。’”

书信之恋何其脆弱，见光便死，与现今的网恋如出一辙，只不过情书由一百年前的纸上搬到一百年后的网上。情话说得再美好，见了面也很容易一拍两散。就像《霍乱时期的爱情》里写的，“她挥了挥手，把他从自己的生活里抹掉了”。

“见光死”这种事，对得起自己内心对美好憧憬与现实残酷境况悬殊的失望，对不起花在彼此身上互聊时消耗的大把时光。

## 六

人们都说感情需要势均力敌，就像舒婷的《致橡树》里写的：你有你的铜枝铁干，像刀，像剑，也像戟；我有我红硕的花朵，像沉重的叹息，又像英勇的火炬。我们分担寒潮、风雷、霹雳；我们共享雾霭、流岚、虹霓。

为了达到势均力敌，很多人都开始理所当然地在网上互聊，可是生活并不如诗般美好，所以不以谈恋爱为目的的互聊都是在耍流氓。

在互聊之前，不如先见个面吧。因为“春风十里，逗你，不如去睡你”，因为我不只是要爱你的灵魂，我还要爱你的肉体。还因为，我不想和你耍流氓，我想和你谈场认真的恋爱。

# 哦，你失恋了

一

小木前任邀请小木参加婚礼。

小木问阿豪：“你知道看着婚礼直播是什么感受吗？”

阿豪说：“不知道。”

小木说：“对不起，我忘了，你没有心。”

阿豪告诉我：“她想我陪她去参加她前任的婚礼，我只是在装不懂。”

我笑说：“干吗装不懂呢？她找你说明对你还是有好感的。”

小木和前任在一起前，喜欢过阿豪一段时间，只是阿豪一直在装糊涂，没给过她希望。

我觉得阿豪做得挺对的。

永远别给一个自己不喜欢的人希望，尤其在这个人失恋的时候。

二

电视剧《爱情公寓》里，吕子乔和陈美嘉相见时，搬出了一套理论：

分开了再重逢一定要过得比对方好。两个人还比了一番。虽然是玩笑，可是在理。

很多单身的人听说前任结婚了的消息，前尘往事涌上心头，觉得自己都是受伤的一方，想要得到全世界关爱。

当一个人选择了想要找个人陪自己去参加前任的婚礼时，其实已经不再是我只是想要前任知道“我过得也很好”的心理了，而是做好了重新开始一段恋爱的打算。

“找谁陪同去参加前任的婚礼”其实比近期很热的“是否该参加前任的婚礼”话题更有意思。

电影《失恋三十三天》里，黄小仙参加前任婚礼的前一晚，收到王小贱的短信：

“我怕刚刚说的话太重，搞得你自杀。所以特地补你一记温馨小贴士：狭路相逢勇者胜，所以明天，你大可以继续横冲直撞，把别人的婚礼当成前男友的葬礼，我会为你保驾护航的。”

这句话最给力的四个字，便是“保驾护航”。

电影结局不负众望，黄小仙和王小贱在一起了。

客观上说，王小贱会喜欢上黄小仙，有三种可能因素：

刚失恋的姑娘招人疼；

很久就动心了终于等到姑娘失恋了；

打算乘虚而入，玩一阵再分手。

第三种可能因素也许不存在于这部电影里，但经常存在于现实里。

失恋的人很容易被人乘虚而入，就算入的是个不怎么样的人，只要出现得恰在时机，安慰得恰到好处，就是能感动你的暖男。

庆幸，阿豪虽然在小木眼里没心没肺，但没有对她乘虚而入。

三

现实里，面对小木这样的情况，并不是每个人都是阿豪。不过，你真的要对一个失恋的人乘虚而入吗?

也许你可以接受以下这三点建议。

1. 最好别和那个人只是刚刚认识。

当你开始苦口婆心地安慰一个蛮有好感又正好失恋的人，你唯一想表达的中心，或许只是：其实你身边就有更适合你的人，比如我呀。

可是你没有想过，一个刚刚失恋的人，会听得进一个不熟的人说出的这些话吗？你得换一种思维方式。

打个比方。你刚到一个单位上班，你想讨好的领导正好中年丧子，你并不是他的心腹，无法为他分担悲痛或者为他打理丧事，其实你只需要说一句“节哀”，或者跟大家一样送个人情。但你偏要跑过去感同身受几乎哭出来地安慰他，“老板，你一定要挺住！我们出色的工作可需要你的正能量来带动啊……”

相信我，你并不会因此就感动到老板从此受到重用。

我们总是过于执着于结果，却忽略了人际关系也有划分的界限。

黄小仙和王小贱为什么会在一起？他们认识好久了。小木为什么想和阿豪在一起？她和前任在一起前就喜欢着阿豪。

所以，当你去安慰一个并不熟悉的失恋的人时，你应该先考虑的是对方糟糕的感受，可别轻易地就让自己扮演了一个可笑的角色。

2. 别成为那个人前任的替代品。

有一句话叫“从此遇到的每个人都像你”，很多人都在感叹，我们这一生，似乎都在喜欢同一类人。

《甄嬛传》里，甄嬛在看到皇上写在纸上的一句“菀菀类卿”后心如死灰，坚决要离开皇宫去当尼姑。因为在这段爱情里全心全意的甄嬛发现，自己不过是纯元皇后的替代品。除了甄嬛，后来的玉娆，也是因为长得像纯元而得宠。

所以，当你遇到一个刚失恋的人，他（她）告诉你你和他（她）曾经喜欢的人真像，你可能具备了那个人的某一点：声音、长相、背影……你看得出来这个失恋的人对你很有意思，你甚至也喜欢他（她）。

即使这样了，也别轻易动心。

一旦你选择了成为某个人的替代品，这意味着你自己已经做好了成为爱情祭品的准备。

3. 别和那个人急于求成。

电影《春娇与志明》里，春娇和志明开房时，春娇犯哮喘，打断了好事情的进展，春娇感到抱歉，志明搂着她说：“有些事不用一个晚上都做完的，我们又不赶时间。”

“我们又不赶时间”，这句话说得真好。在这个感情“速成”的年代，很多人失恋后快速投入新的一段感情，选择“重新开始”，这见怪不怪。

然而，爱情其实不必急于求成。你们还得先去互相了解，互相接受并互相习惯，它是一件水到渠来的事情。

和一个刚失恋的人在一起，你心里要明白，那个人是不是真心喜欢你，很有可能的是对方只是想迅速进入一段关系。

所以别急着说爱，别急着做爱。

## 四

“哦，你失恋了。听说你需要安慰，但我不想乘虚而入。”

因为我对你没兴趣，那我就不做坏人了，给你温暖后离开，再一次伤害你。

但也许我正好喜欢着你，只是我想对这段感情负责。我需要知道，你是不是真的做好了要跟我一起走下去的决心。

我和你不要刚刚认识，我不会做你前任的替代品，我也不要和你急于求成，我只是想和你说，来日方长。

# 不好意思，刚认识就喜欢你

一

草莓突然谈恋爱了。

很多人问，你们认识多久了。草莓说，一天。

草莓男朋友叫小野。他们在一场婚礼上认识，小野是新郎大学同学，草莓是新娘大学同学，两人被安排在一张桌上就座。

被拉进了同一个微信群里，席间一桌子人玩了会微信版的谁是卧底游戏。小野直率，草莓活泼，玩游戏时数他二人最默契也最欢乐。

小野加了草莓微信：“我喜欢你”。

草莓回：“我也喜欢你”。

我们都觉得，这场感情太草率了。

但草莓说，刚见面就和他看对眼了，坐在同一张桌子上吃饭觉得很投缘，玩游戏时跟他对话很有意思。正巧他说喜欢我，我当然要告诉他我也喜欢他。喜欢就在一起，错过多可惜。

想想，草莓说的好像也没错。

2016復古盛宴
女神
MAPPE MONDE
We are coming
OPEN
Y
Y MOBILE COFFE
FRESH
coffee
Drinks
COFFEE
Y Mobile coffee

我们都有该去的未来，
谁为谁停留徘徊，
你一直都在，
你终于不在。

## 二

草莓和小野，很有最近热播韩剧《太阳的后裔》中的感觉。

我一向不看韩剧，拖沓又矫情，一看就知道会在一起的男女主人公，要在一起，十集后再说。

《太阳的后裔》不同，第一集男女主人公一相遇，男主就喜欢上了女主的率性活泼，女主也喜欢上了能一本正经开玩笑的男主。

喜欢上了，就别矫情。

——“明天约几点呢？”

——“别了，不如我们现在见吧。”

——“不愿意吗？”

——“愿意，你过来吧。”

一个人说情话，另一个人羞涩不迎合，那叫调戏。

咱们有来有往，旗鼓相当，处在同一个频道，这叫调情。

——“和我一起看电影吧？快回答，没时间了，好还是不好？”

——“好！”

——“那就这样说定了！”

——“想我了吗？”

——“想了。你呢？”

——“当然想你了。”

什么叫旗鼓相当，两个智商、情商都高的人碰到了久违的对手，才能惺惺相惜。

## 三

大多数矫情的人心里都藏着一个不矫情的人。看不惯别人不矫情，因为自己做不到。

比如正追着《太阳的后裔》这部剧的笑笑。

这位矫情至死的姑娘刚刚跟我吐槽完草莓的感情。“两个人才认识一天，还不了解对方，凭一时好感就在一起，过不了多久，肯定会分手的。”

上大学时，有个无名男追笑笑，称他无名男，因为笑笑没对我们说过他叫什么，从来只称呼其为“他”。

影视鉴赏的公选课上，笑笑坐在无名男前桌，看投影视频时，笑笑靠着后桌，带着洗发水清香的秀发落在无名男的桌上，无名男对笑笑心动了。

笑笑小家碧玉，无名男清秀俊俏，其实郎才女貌，我们看得出来笑笑对他不反感，但笑笑偏偏喜欢吊着无名男胃口。

用笑笑的话说，我才不相信一见钟情，等和他熟悉了再谈感情吧。

但不久之后，无名男就交女友了。

笑笑看着无名男和女友的背影，酸溜溜地说：“就知道一见钟情不靠谱，幸亏我当时没答应他。”

## 四

见过草莓男友小野本人之后，我们都觉得草莓找到了幸福。两人举手投足间，处处流露着默契与眷恋。

KTV 的包间里，草莓点了一首 *Call Me Maybe*。

Hey, I just met you

嘿，我们才初次相识

and this is crazy

这可能有点疯狂

but here's my number

但这是我的电话号码

so call me, maybe

可以的话，请打给我

野子站起来走到草莓跟前，当着众人的面，亲了草莓，草莓没有拒绝。

大家起哄时，我看见坐在旁边的笑笑眼睛湿了。

“怎么了？”

“我突然想起他了。”

“他”是无名男。

无名男以前追笑笑时，曾在笑笑宿舍楼下摆过爱心蜡烛，手里捧着一束玫瑰花站在蜡烛中间，笑笑走到无名男跟前，接过了花。

无名男说：“不好意思，刚认识就喜欢你了。”

笑笑脸红了。

周围人慢慢多起来，很多都是抱着看热闹的心态来的。就在无名男准备抱住笑笑时，笑笑却往后退了几步。

如果一个男生喜欢一个女生，却说不出口，只知道默默守护，那注定是炮灰。如果一个女生知道了对方喜欢自己后却扭捏不接受，那很可能会发展成一个悲剧。

比如笑笑。其实我知道，笑笑心底是喜欢无名男的。

说喜欢有那么难吗？如果彼此都有好感，何必要矫情做作呢？你看《太阳的后裔》里，男主打电话给女主说，现在就约会吧，女主说，走就走。

我好像明白为什么笑笑这么喜欢这部剧了，因为它不现实但很美好呀。

## 五

笑笑一直说，一见钟情不靠谱。可是，一见钟情真的不靠谱吗?我想讲一个故事。

一个礼拜前，美国前第一夫人南希逝世。很多人说，她的逝世，意味着现代白宫再也不会发生的爱情故事的终结。

一见钟情并非不靠谱。南希和里根，这段美国总统史上最美好的爱情，最初也源于一见钟情。

南希认识里根时，自己只是好莱坞毫不起眼的二线演员，而里根当时虽还未竞选总统，但在美国电影演员协会担任主席，事业如日中天。

南希是为了保住演艺事业，从“被查封演员”的黑名单解除出来而去求助里根的。

与君初相见，犹如故人归。第一次见面，两人便心有灵犀，聊到凌晨三点才不舍道别。一见钟情，再见倾心，相恋三年后，两人步入了婚姻的殿堂，一起携手走过了长达 52 年的幸福婚姻生活。

只能说，爱情的长久与否是一个结果，这得看两人在感情里的磨合过程。毕竟，爱情是一桩需要经营的事情，“一见钟情”并不是长期饭票，却是一个好的开始。

## 六

笑笑说，她在等无名男跟现在的女友分手。

喜欢却不说，不是苦等就是作。

这让我想起小说《霍乱时期的爱情》，男主年轻时跟女主相爱，后来女主结婚，六十年后，男主跟死了丈夫的女主表白。

有情人终成眷属，他们结婚了。很美好吗?一点都不美好。等了那么久才说出来，两人都成了老头老太太，错过的时间该怎么弥补?

七

罗曼·罗兰有句名言，“世上只有一种英雄主义，就是在认清生活真相之后依然热爱生活。”

这种英雄主义最初级的表现形态就是——即使有被拒绝的可能，我依然要表达心中的想法。

一见钟情并非不靠谱，不好意思，刚认识就喜欢你。

喜欢你就要告诉你，大不了连朋友都做不成，反正我不缺朋友，只缺你。

# 没结婚前，别把爱情谈成亲情

一

2016 年 3 月 4 日晚，Selina 和张承中对外宣布离婚了，Selina 说："以前的我，是一个只以爱情为主的人，但是这几年，我的人生观渐渐改变，我不再像以前一样全心全意只为爱情而活。所以我与阿中的爱情，也一点一滴消失了，当夫妻的我们，真的不快乐。已经存在的问题依旧存在，硬是要改变自己改变对方，我们都没办法。相识九年的时间，我们之间不只是爱情，更多了亲情与友情。"

2010 年，Selina 在拍摄《我和春天有个约会》时发生意外火灾，受伤面积高达 54%，所幸手术成功，浴火重生的她，却经历了一段时间的艰苦复健生活。

那时，张承中说"我就是放不下，我走不开"。

现在，他说："失败的婚姻，我少了一个老婆，却多了一个比亲妹妹还亲的妹妹。"

张承中与 Selina 结婚时，没人不祝福。可结婚之前，Selina 曾两次退掉婚事，更在婚后毫不避讳地对张承中说"其实你有更好的选择”。

在张承中不离不弃、无微不至地照顾受伤的Selina时，在Selina对张承中说出“其实你有更好的选择”这句话时，在结婚之前，他们的爱情，其实已经变成了亲情。

“经历过大风大浪，却没能走过平平淡淡”。很多人惋惜这段感情，我却能理解Selina和张承中的决定。

他们用一段失败的婚姻来证明：结婚前，把爱情谈成亲情，不见得是件好事。

二

我想讲一个故事，关于我的好友桃子和她男友西子。

在桃子又一次跟我哭诉了西子的种种罪行后，我说“那就离开他”。

但桃子说：“我离不开他，我已经把他当作家人了。”

我竟不知道劝什么好，我甚至很能理解桃子。

没遇到西子之前，桃子是个有点自闭的姑娘，18岁那年，桃子和西子一见钟情，在一起后，西子带着桃子经常参加一些聚餐活动，认识更多的朋友。浪漫的西子也总能给桃子准备一些美丽的惊喜，比如从口袋里掏出一张帮桃子买好的车票，带桃子来一场说走就走的旅行。因为西子，桃子性格渐渐阳光起来。

与西子在一起半年时，桃子的父母离婚，父亲重组了家庭，母亲交了男朋友。那段时间，只有西子陪着她。

一个空荡荡的家，桃子不敢回。

于是西子带桃子回家。西子说：“以后，我的家就是你的家。”

桃子说，她把西子当作家人了。我怎能不理解。

## 三

跟我哭诉完后，桃子在朋友圈发了一条动态：“三毛说，世界上难有永恒的爱情，世上绝对存在永恒不灭的亲情，一旦爱情化解为亲情，那份根基，才不是建筑在沙土上了。”

我点了赞，并评论：“三毛和荷西结婚了。”

我不知道桃子能不能理解我的意思，爱情可以通过婚姻变成亲情，但你们还没结婚，你何必把爱情谈成亲情呢？

况且，西子真的不是一个好的结婚对象。

西子毕业后不务正业，每天都去赌博，欠了很多债，桃子身上的钱全都被西子拿去赌了，之所以知道这件事，是我约桃子吃饭时，才知道她已经饿了两天肚子了。西子和桃子同居了两年，两个人经常吵架，西子会经常动手打桃子，有一次桃子让我帮她请假她不来上课了，昨晚西子扇了她，脸肿起来了，没脸见人……

西子是名副其实的渣男，桃子下定过多次决心离开最后还是没有离开西子。

## 四

郭敬明写的《小时代》里，南湘将自己最美好的少女时光全都给了伤她最深的席城。南湘说：“那种感觉，就像是在自己生命的布匹上裁剪下最美好的一段，然后亲手缝进对方的生命里。”

你明知道和他在一起很痛苦，你明知道你和他没有结局，但你舍不得放手。

南湘对席城，就像桃子对西子。

桃子被西子打伤，躺在床上不能动弹，西子扶她坐起，一口一口地喂她吃。桃子对西子大哭大闹，西子就紧紧地抱着她，任打任骂。

每一次桃子跟我说：“我和西子又和好了”时，我已经不会再说“你就是被人打了一巴掌再被给了一块糖吃还甜滋滋的人”这句话了。

有一次我和桃子一起在电脑上看一部叫《婚前试爱》的港片，一对即将结婚的年轻恋人，婚前三天各自跟一个陌生人发生了关系，因内疚心作祟，婚后对对方都更加好，想用此来补偿自己曾经的“背叛”。

影片结束时，出现一行字：如果你爱一个人就先伤害她，因为内疚永远都是维系爱情的最好方法。

“你不觉得西子很多时候对你的好也是因为内疚吗？他爱你，但他总在伤害你。”

桃子因为我这句话沉默了很久。

五

我相信桃子和西子之间是有爱情的，但他们只是习惯了一直给自己灌输着“我们是家人”的概念并且彼此得到默契的统一，都将这份爱情看成了亲情。

恋人之间的亲情如同一条绳索，使想离开的一方非常纠结，一方面想挣脱绳索重新获得爱的自由，一方面又充满愧疚和自责。

这种亲情的力量会将两个人死死捆绑在一起，难舍难分。

王尔德说过，孩子最初爱他们父母，等大一些他们评判父母，然后有些时候，他们原谅父母。

这句话完全可以改一下用在桃子身上，桃子将西子当作自己的家人，最初的时候，她爱他，后来，她评判他的过错，然而大部分时候，她原谅他。

没结婚前，将爱情谈成亲情，等于未婚的心理来承担已婚的生活，很像你本来只是想练练车，却一不小心把车开上路，开始了全球旅行。明明没有结婚，却被婚姻里“家人”的关系绑架，是“家人”，却又没有婚姻一纸证书的保证。

六

恋人间最自在的相处状态莫过于，我不需要你信誓旦旦地保证我是比你爸妈还要重要的人。我们是爱情，那是亲情，不需要比。

我爱你，我们谈恋爱。谈得不好，我们就彼此离开。

天黑了我不找灯只想找你，这是爱情。既然黑灯瞎火那就赶紧洗洗睡吧，这是亲情。

我还没和你结婚，我还比较喜欢前者。

# 爱成就了另一个你

一

小美心情不好，找我聊天，因为一件小事。事情确实很小。小美和男友逛宜家时看中一个书架，男友没给她买。

“亲爱的，你自己买不起一个二百多块钱的书架吗？”倒不是我故意数落她，小美是个独立自强的女生，可以在商场一家自己喜欢的品牌店连买十条漂亮的裙子都不犹豫，只要喜欢，只要自己负担得起。

小美问我，自己怎么变成这样子了？好像很依赖他，在他身边时没有骄傲，就想做个小女人，喜欢的东西他可以二话不说为自己买。怎么会忽然之间成为从前自己不屑的那类女生呢？

二

其实不是金钱的问题，而是感情里的态度在时间里变化的问题。在每一段感情开始的时候，大多数男生都会对女生做出一些许诺，配合当时温情的环境与炽烈的情愫，女生意乱情迷下当真，此后在意、纠结。

“亲爱的，还记得那个原本独立自由的你吗？”现在竟为了守在爱人身边，在下班后拒绝聚会去买菜回家做饭，只为了让自己更贤惠一点。你非生来如此，你不过在努力地守护着爱，并为了这份爱心甘情愿地做着另一个自己。

两个人在一起久了会依赖上对方。感情里最悲哀的是，还没有走入婚姻，爱情就变质成了亲情。

三

在一起越久越容易为小事吵架，因为柴米油盐放下的矜持便是爱的细节，却也是爱情里最脆弱的东西。熬过了，是婚姻，熬不过，劳燕分飞。

于是大多数人都觉得自己变成了另一个人。似乎找不到一个坚定的内心，来笃定自己最初的理想，持续从前的那些小习惯。可是当你有这样的认知时，你已经接纳了自己因为爱变成另一个你的事实。

你何须难过，你只需选择。你还愿意成为另一个你吗？那么，继续爱，或者，放弃爱。

## 第三章

# 嘘——有些话，我只说给姑娘听

“你最可爱”，
我说时来不及思索，
而思索之后，
还是这样说。

——普希金

# 女孩子的初恋，大多都是女孩子

## 一

这段时间大家都在追《欢乐颂》，这几天假期，我也开始看这部剧。

剧中的关关、小蚯蚓、小曲是同龄人，但是三个人的性格差别很大，关关和小蚯蚓的关系很像很多女孩子大学时和室友的关系，一起拼单吃饭、一起拼车回寝室，很多事情都要一起做。

再来说剧中曲筱绡跟安迪的友谊，曲筱绡一开始说安迪是小三，后来知道安迪能力特别强以后装苦情骗安迪帮忙，从头到尾的古灵精怪，安迪应该会厌烦她啊，可是并没有，有时候安迪早上晨跑回来后还会记得给曲筱绡带早餐，可以说性格冷傲的安迪是真的把曲筱绡当朋友的。

剧中有一个特写，是电梯里五个女孩子牵手的画面，之所以感人，就是因为她们每个人明明都是个性不同的存在，但让人觉得，她们都是能手牵着手给予彼此支持和安慰的人。

## 二

当然，似乎每一个女孩子在成长的过程中，都被友情伤害过。

前几天，一个女孩子找我倾诉，说她有一个一起长大的好朋友，她们两个人都很优秀，现在在同一座城市工作，一起租房子，睡一张床。但是最近她的好朋友经常对她酸言醋语。

我跟她说，那就搬出去一个人住吧，两个人互不欣赏或者过赏成妒，都不适合在一起。有些人注定只能陪你走一段路，对友情不要做过高要求。

其实我曾经也因为女孩子之间的友情困惑过。那时不知所措的我每天活在自责里，甚至质疑过自己的性格，烦恼那些暗带攀比和讥讽的言辞，最后终于大吵一架，不再往来。

现在的我很清楚，如果一个好朋友无法在你进步的时候给你掌声鼓励，却在嫉妒你的好运气，尽管那好运气其实是因为你的努力，她却看不到，只想超越你。那么无论你们曾有过怎样美好的感情，都可以说声再见了。

想起另外一个女朋友，那时候我大学未毕业，已经能靠稿费买自己想要的东西，和几个女孩子一起聊天时，她们都说，你真幸运，写稿子能赚这么多钱。当时那个女朋友插了一句话：“你们只觉得她幸运，我却觉得是她自己足够好，足够努力。”

就是这么一句话，我认定了她这个朋友，直到现在我们也依然保持着联系，友谊其实和爱情一样，不在乎是否一起经历过什么故事，但遇到后，我们能够彼此欣赏并懂得，就够了。

## 三

说起女孩子间的友谊，必须推荐一部我很喜欢的电影《阳光姐妹淘》，这部电影讲述的是七个高中女生之间轰轰烈烈的友情故事。

同《欢乐颂》一样，我想每个女孩子都可以在影片的人物里找到自己曾经的影子：牛气哄哄气场十足的大姐头夏春花，贴双眼皮的胖女孩金玫瑰，满嘴脏话的黄珍熙，被家人捧在手心里呵护的徐金玉，每天打扮成公主样立志要成为韩国小姐的俞福姬，美丽高傲的校花级女孩郑秀智，还有怯生生小小个，却被春花说是长着一张主人公脸的任娜美。

我们每个女孩子都一样，在长大后怀念从前，感叹年少时一切单纯美好的感情，所有的细节都变得深刻。可在遇见爱情前，我们都是先遇见友情。

那时候成为姐妹淘甚至不需要理由。《阳光姐妹淘》里喝得醉醺醺的任娜美抹了抹嘴角的口红，流着泪对校花郑秀智说："我转来前是全校最漂亮的，但是来了首尔以后，都特漂亮，死丫头们，但是你呢，是她们当中最漂亮的。我多稀罕你啊！你是世界上最漂亮的啊！"

因为你漂亮得惊天动地，我就义无反顾地想要和你成为朋友，这是多么简单又美好的感情，换做现在，遇到这样的姑娘，应该满心都是嫉妒和讨厌，很难成为朋友吧。

回想那些年女孩子间的友情，课间时一起待在走廊上聊天晒太阳，手拉手结伴上厕所，放学时背着书包穿着宽大的运动校服在门口小店买零食，双休日化个粗糙的妆打扮成大人模样，手挽着手艰难地踩着高跟逛商场。

你们是不是也和我一样，那时认为会是一辈子友情的女孩子，现在翻翻手机通讯录，连号码都没有。

四

其实，女孩子之间的友情，总是要比男孩间的友情，来得复杂又细腻。它不是打一场酣畅淋漓的比赛就互相欣赏，也很少因为一次两肋插刀便情深义重，它更像是女孩子之间互相暴露的好与坏、互相交换的小秘密，一点一滴地随时间过去，交织成缠绕彼此的发辫。

也许很多女孩子都不曾发觉，自己曾经像爱恋人一样爱过名为“好朋友”的一个女孩子。

大概是年少时身体自然滋生出的情感寄托，让我们如此珍惜青春里遇见的那些美好的同性，有时候是因为你和我很像，有时候是因为，你恰似是我想要成为的模样。

五

女孩子的第一个恋人，总是女孩子。

每一次看到什么想到什么，我都会跟你分享。

每一次换座位，我都想离你近一点，或者坐在一起。

每一次你哭泣，我都很着急，谁欺负你我就跟谁急。

每一次你和别的女孩子走得近，我都会有点酸，就是对你有一颗占有的心。

每一次和你生气吵架后，我还是习惯了和你形影不离。

……

这样的青春你是不是也能感同身受？我的初恋是个女孩子。我永远记得，她准备出国时，我翘了半天课待在学校的亭子里哭了半天，在她离开了很久之后，我才开始渐渐适应没有她陪伴的生活。

她走的时候对我说：“对不起，我只能陪你到这里。”这句话成了我青春里最疼痛的语录。后来，她不再是陪我欢喜陪我哀愁的少女，再后来，听说她年少轻轻已嫁作他人妇。

我经常在梦里见到她，梦里的她一直是陪伴着我年少时的模样。

我知道，因为她是我青春里，最纯真的初恋。

# 姑娘，你应不应该这么累？

一

很多次跟妈妈通电话时都是在加班，妈妈每次都会心疼地对我说："你不过是个姑娘，我们只希望你简单快乐地活着，别那么累。"

和同事聊以后的人生规划，同事说："明明可以靠颜值吃饭，偏要靠才华吃饭，看你天天顶着黑眼圈，这么累干什么呢？以后嫁个可以养你的好老公就好了。"

跟好几天不见的朋友吃饭，饭桌上因为向朋友请教了几个工作上的问题，被调侃："你个工作狂，把自己天天整得这么累，一点情调都没有，难怪不处男朋友。"

闺密跟我聊天说："亲爱的，没有男人喜欢要强的女人，不要太过特立独行，你不应该这么累。"

二

我真的不想去聊"女权主义"，但耳边听到的这些话累计多了，心里确实有很多感慨。这个社会局限了我们的思维，男性比女性更适合挑大梁，社会角色被贴上了性别的标签，可是标签背后的本质却少有人问。

想来聊一聊前段日子看的《无声告白》这本书，书中的母亲玛丽琳，她从小想当医生，但她的母亲却是家政课老师，想把她培养成一个嫁给哈佛男、照顾孩子和房子的家庭主妇，而玛丽琳自己，却希望自己永远独特、引人注目。

她不在乎妈妈的反对，报考化学、生物专业，去做常人眼里只有异类才做的事情，她一直追求的是特立独行。也许正因为这一点，她在大学上詹姆斯课的时候，第一眼就被这个独特的男人吸引住了，从此坠入爱河，可没想到，还没完成学业的她怀孕了。

因此她不得不放弃学业，按照曾经母亲给她的路，结婚生子。但她内心从没放弃过追求自己梦想、追求医生目标的愿望，她不甘平凡。

有一个很出名的笑话，我不止一次拿出来讲过，是说这个世上有三种笨鸟，第一种笨鸟不笨但自己不想飞，第二种笨鸟真的笨却在努力飞，第三种笨鸟不但笨还懒得飞，只能在窝里下个蛋，等蛋孵出来，让下一代使劲飞！

很不幸，之后的玛丽琳成了第三种笨鸟，采用了很多人没有能力实现自己梦想的时候都会采取的办法，生个蛋，让蛋去实现自己的梦想。她决定把自己所有的梦想让女儿莉迪亚实现，她在脑海中用物质给莉迪亚规划了一个“美好”的未来。

可是后来呢？后来莉迪亚选择了自杀，可以说，是玛丽琳逼死了她的女儿。

之所以提到《无声告白》这本书，是想说，我真的不想被“标签”也不想过“标签化”的生活。我为什么要这么累，与其谈梦想聊人生追求，不如说，我只是在努力让自己不会成为上面提到的任何一种笨鸟。

三

现在的我在一个发展很快的创业公司工作，朋友抱怨朝九晚五的生活，而我在凌晨一两点，依然在忙着公司的事情。

有时候因为喝过咖啡，忙完后睡不着，就继续码字写文章，能坐在电脑前通宵到天亮。第二天在地铁上昏昏欲睡，下地铁后都要先买杯咖啡提个神。

很多人问我，你的付出和你得到的成正比吗？我每次都说，得先付出才能得到回报。

对于我来说，工作不仅是让你收获了薪水，更重要的是，它让你收获了谋生的本领。兴许是安身立命的技巧，或许是为人处世的能力，再或是独一无二的资源，等等。这是一种难以准确用钱来衡量的回报，却足以匹配我的付出。大多数时候，我觉得我累有所值。

虽然还未毕业，但已经收到几家公司高薪资的正式工作邀请，闺密笑我运气太好，我都不敢告诉她，有一次一家大公司很晚联系我让我在次日早上 9 点前写一篇不长的软文，报价两千元，我为了看资料几乎一宿没睡。

除了平日工作外，我也会接很多公司的文案，也会挤时间给一些专栏供稿，正是靠着这些外快，我才能保证，拿着不高的实习工资，我在北京，能自己养活自己。

我今年才 21 岁，还有几个月才大学毕业，但似乎已经在这个社会摸爬滚打了好久，有一个前辈跟我说：“每隔一周见你，就感觉你像又长大了一岁。”我也听多了别人对我说：“你还小，能力已经很强了，很看好你以后的发展哦。”我知道，如果哪一天我不努力了，就没人会再这么说了。

今天我问一个想让我去她们公司的姐姐："为什么选我？"她说："每次工作时间找你聊天你都要隔好久才回，而且每次都是先回一句，不好意思，刚刚在忙。好姑娘，有才华的人很多，但有你身上那股拼劲的人不多。"

四

你是姑娘，把自己搞得这么累，整天顶着黑眼圈，面容憔悴，何必呢？

你是姑娘，总是这么拼的状态，武装成无孔不入，坚不可摧，何必呢？

你是姑娘，一直坚持特立独行，坚持自己的想法，独立要强，何必呢？

何必呢？我也问自己，然后我问了一个我很佩服的朋友。

她从毕业到现在，一直都是凭着自己的努力在打拼，现在有一份相当不错的自己喜欢的工作，还交了一个志同道合的男朋友，她对我说："我以前为事业拼搏无暇顾及爱情的时候，身边有一大堆人对我说'差不多得了，别挑三拣四，不然就错过了'。可是你看现在，我不拥有了这么好的男人吗？"

当你优哉游哉享受生活时，你把日子过得再滋润，也还是一个没有得到提升的你，你身边的人会对你说："你那么聪明可爱，不怕没人要，慢慢选慢慢挑才是真的。"

可是当你非常努力地熬过了很苦很累的日子，终于拥有了顺风顺水的生活时，你身边的人要对你说的话就变成"你冰雪聪明，眼光独到，谁娶了你真是有福气"。

我们都有自己想去的方向，有生活中从未忘记的执念。

你可以说我爱做梦，但我没有飘在云朵上，我正脚踏实地。

即使再累也要努力，我只是不想靠别人，因为我要做自己的女王。

五

很多人都看过金星对杨幂的一段采访。

金星问：“如果你要给你的父母买一套房，你会经过刘恺威的同意吗？”

杨幂答：“不会啊。因为我买得起啊！”

很多姑娘都觉得自己要么嫁个有钱人，过着挥金如土恣意的生活，要么就安之若素过着安逸的小资日子。可是，年轻的时候你不拼不累，你哪来的安逸可享？

姑娘，希望有一天，你站在你爱的人身边，不管他是富甲一方，还是一无所有，你都可以张开手坦然拥抱他。

他富有，你不用觉得自己高攀；他贫穷，你也不至于落魄。

而光阴，终将宽慰你经受的所有辛苦与劳累。

世间情动，不过盛夏白瓷梅子汤，

碎冰撞壁叮当响。

# 凭什么法国美女的娇媚成了中国剩女的负累

## 一

吃饭时，同事告诉我，最近有个大学聚会，她很纠结该不该去，很怕见到已经结婚的前任。

“我现在经常被催婚，奔赴于各种相亲宴，落入了剩女的角色。我经常想起过去的恋情，甚至想去前任的空间里看看，看看他过得好不好，但是我知道那只是一种对青春岁月的怀念，”

听同事说这些话时，我心里在想，如果我 30 岁时还没结婚，会不会也像她这样，把自己归为“剩女”来追忆曾经的恋情呢?

很多带着“剩女”标签的女人总是一副身经百战的姿态评论现在的年轻人不懂爱情，就像最近热播的《欢乐颂》里，大龄剩女樊胜美看到 24 岁的邱莹莹被爱情冲昏头时说：“相信我，我多年人事工作经验，看人眼光毒辣。像我们这种老家不在本市的女孩，工作是唯一依靠，千万不可为一个没出息的男人冒险。年轻时候天高地宽，可容易为爱冲动，乱走一气浪费光阴。但等理智恢复，人已老大不小，前面的道路陡然变窄！”

对，在《欢乐颂》里，樊胜美，正如她的名字一样，胜美——剩下来的美女。现任一公司的 HR，能养活自己，有姿色有手段有能力，却 30 岁出头还没把自己嫁出去，有大钱的看不上她，有小钱的她看不上，心地善良却是一枚拜金女，一心想飞上枝头做凤凰，一身假名牌下有颗虚荣的心，她相信“我有品，我有料，你值得拥有”。

在中国，三十岁好像是一道坎，男人三十而立，女人三十而嫁。过了三十岁的女人都是剩女，跟剩女相关的话题总是很火。

前段日子很火的韩剧《太阳的后裔》，“讲一个 35 岁的‘剩女’如何谈一段旗鼓相当的爱情”，有人说老套的灰姑娘故事过气了，“剩女”的故事正在一寸寸侵占屏幕。

与《太阳的后裔》争夺屏幕的，是英国驻华大使馆推出的“做你自己”秒拍视频，一个外国姑娘对着镜头表示，中国人应该把“剩女”这样的词，扔进历史垃圾堆了。

## 二

在中国剩女话题这么热的同时，为什么有些人在说法国没有剩女呢？

央视主播徐俐写了一篇关于法国没有剩女的文章，文章里说，法国女人不管活到什么岁数，一定美丽到老。女人有各种老法，而法国女人，只希望能优雅地老去。可在中国，女人年过二十五不再谈青春，年过三十五不再谈年轻，年过四十，无论曾经如何花容月貌，就不再谈姿色。但却忘记女人可以永远谈美丽。

这让我想起 50 岁的张曼玉说过的一句话：“亚洲女人特别介意老这件事，但在法国就不会。”

就拿 60 岁的法国奶奶 Yasmina Rossi 来说，一般女人过了 25 岁就不会考虑把模特作为自己的职业，但是 60 岁的她不仅是一名模特，还在时尚界混得风生水起。30 岁才开始自己的职业模特生涯，45 岁退出职业模特圈后仍然不断接到大牌代言邀请，时光从没夺走她青春的容颜。

Yasmina 说，她坚持常年食用有机农品，从来不过量运动，但也从不会一整天不运动。除此之外，她还坚持在头发上抹菜籽油，每周把糖拌橄榄油涂在身上。遵从自然疗法的她相信不吃药不打针也能实现身体的自我修复。如今她已经有了 2 个孙子。比起年轻时的自己，她更充满自信，充分地享受当下生活，让她每天都很快乐。

我特别欣赏法国老人的那种关于“一双鞋子样式”的关注度多于“一捆大葱的价格”的生活态度，女人年纪越大，其实越不能放弃自己外在美的打造。这是一种超越年龄的生活方式。

三

中国有句谚语：女为悦己者容。法国有句谚语：女人即使老去，也不会枯萎。

两者意思的差别大概就在于：中国女人为男人而美丽，法国女人为自己而美丽。换句话说，中国女人美丽是为了求偶，法国女人美丽是为了自我。

其实，女人不可只为求偶而容在《诗经》里早就有了揭示，所谓：于嗟女兮，无与士耽！士之耽兮，犹可说也。女之耽兮，不可说也！这句话便是说女人应该为自己而活，而不是沉陷在对男人的感情里，把时间与精力都花在男人身上。毕竟，咱们的亦舒师太也说过一句话：“只有不愁生活的女人才可以自由选择丈夫。”

四

这些天在重读《简·爱》这本书。书中讲述了一位贫穷、卑微，自小失去双亲而寄居舅舅家的平凡女孩，直面现实所“赐予”的种种磨难，始终坚持独立的自我，追求高贵的自由和尊严，最终靠自身的努力收获幸福的故事。

我不能垄断全天下男人对女性的审美标准，但我觉得女人真正的魅力不在于姣好的面容、魔鬼般的身材、巨额的财富……这些都不具有持久性。

当你老去，当你年华已逝、两鬓斑白，当你洗尽铅华、伤逝红颜，这些终将烟消云散，剩下的，是你内在的独立与气质。托尔斯泰曾讲，“人不是因为美丽而可爱，而是因为可爱才美丽”，简·爱的可爱之处就在于她在为自己而活。

其实简·爱让我想到了春节期间参加同学聚会时发生的一件事。我鲜少参加聚会，那次是被闺密拉着去的，因为听说当年闺密暗恋的高富帅学霸学长会带女朋友去。那位学长耽误了好多姑娘的美好青春，让她们错过了嫁人的好时机，然后，他就这么不负责任地把自己给“嫁”了。

但大跌眼镜的是，采摘这绩优股的姑娘，与想象中差之万里，犹如卖火柴的小女孩，皮肤黝黑，五官平平，闺密终于释怀，终于可以扬眉吐气地鄙视等待了多年的学长。

我不是学长的狂热粉丝，所以我当时在想，为什么这么优秀的男人，最后都会被长相平平的女人所吸引？就像Facebook CEO（脸书首席执行官）扎克伯格的妻子，那个皮肤黝黑，身材微胖，看起来有些“邋遢和土气”的普莉希拉，当时好像被人调侃是一个长得像妈的其貌不扬的丑女人。

那天聚会结束时，我和闺密才听说原来收了学长的这位其貌不扬的姑娘，是名牌大学的高才生，还是海归。

所以，当我们在用着诸如“黑矮锉拴牢高富帅”“征服亿万富豪的厉害女人”“邓文迪第二”等恶毒词语调侃那些看上去姿色平庸的女人时，我们是否有思考过：也许，人家根本就不是灰姑娘，而是一位心里住着武则天的聪慧姑娘。她们充满了智慧的力量，内心具有追求生活的无限勇气。

五

放眼中国，又真的有多少这样的姑娘呢？好像很少有超过 30 岁还没找到归宿的女人敢坦然地说自己不在乎年龄的增长与容颜的变老，于是很多人一边抱怨着没人爱一边把自己划进了“剩女”的圈子里。似乎到了一定年纪，就不得不承担起“人言可畏”的压力，来自双亲，也来自社会。

可为何不为自己而活，为自己美丽呢？其实，说着自己是“剩女”的女人，大都丢失了一颗少女心。

有人会说，都过了三十岁，还那么矫情干吗？不，少女心并不是矫情，它能帮你停滞时间，让你越来越年轻。

就像 36 岁的陈乔恩，她曾经发过一条微博说：女孩说，从今而后，我变成你喜欢的样子。为什么要变成别人喜欢的样子，你是你呀，一直以来，我都是自己的样子，而我挺喜欢的。

少女心就是这样，我如此自信，而且我一直都是自己的模样。

六

回到之前所说的话题，为什么有些人在说法国没有剩女？

当你走在法国街头，你会发现你像是在看一场时装秀。那些上了年纪仍旧风姿绰约的女人比比皆是，她们身材苗条，气质高雅，打扮精致时髦。这是因为她们永远保持一颗少女心，在大胆并自信地追求着自己想要拥有的美。

一枚胸针和一条最衬的丝巾透出她们的优雅，踩着高跟鞋也依旧迈出最有风采的步伐。即使头发都染上几丝白发，她们也会选择合适的发型，不刻意遮盖，再抹上鲜艳的玫瑰唇，喷一点淡淡的香水，抬头挺胸面带笑容地走在任何一条路上。这是一种对生命尊重的态度，不论处于什么年龄，我都要充分展现自己追求美的权利。这种自信，让她们看起来活力四射，魅力无穷，也永远无法让人给她们贴上“剩女”的标签。

你的生活态度决定了你生活的美貌程度，保持年轻的心态能吸引更多人的目光。这样的你根本不用怕被剩下，因为你本来就自带光芒。

七

可是，凭什么法国美女的娇媚成了中国剩女的负累？

其实，每个女人都有一段少女心的心路历程，也许大部分都会遇到成为女汉子的契机，但请不要因为曾经抛弃粉色现在喜欢黑色的你，拒绝更加喜欢粉色的疯狂变化。别忘了，这个世界，会有一个人一直宠你如小孩，爱你的坚强，你的独立，也爱你的柔软，你的少女心。

不管你多少岁，有没有遇到那个人，你都要带着你的少女心一直相信，“我的意中人是个盖世英雄，总有一天他会踩着七彩霞云来迎娶我”。

这样的你，永远不是剩女。

# 你别跟我说只要有汤唯就有文艺

一

汤唯是我心中的文艺女神。

她饰演萧红时，用钢笔抄写萧红的作品，特意用繁体字，抄了几个月；去萧红故居体验生活时，特意藏了一绺头发在萧红床下。这些都是非常文艺的情节，可以写入一个伟大演员的人生传记中。

汤唯主演的电影里，影迷评分最高的是《北京遇上西雅图》，一部有点异域风情的电影。如今《北京遇上西雅图 2》上映，因为汤唯我去看了这部电影。

和第一部类似，汤唯在影片前半部分的画风妖艳又酷炫，有高跟鞋又有跑鞋，一会儿烈焰红唇醉倒在王志文怀里，一会儿带着头盔和小混混在澳门街头飙车；后半部分的画风却异常娴静文艺，高跟鞋和跑鞋都不要了，换成了平底布鞋，棉麻材质的裙子往身上一穿，浓妆也卸了，一低头一害羞的表情就像一个甜美天真的中学小姑娘。

由于剧本烂，所以汤女神几乎是凭个人魅力撑起了整个电影院的观众注意力。

二

为什么说剧本烂。

剧本讲了一个公关小姐与一个房产经纪男如何每天花费大量时间给对方写大量无意义的废话信件，而且坚决不留联系方式，并因此双双臆想症发作的故事。故事的最后两人在一起了。

这是关于两个自以为孤独并与众不同的人作死的故事，这点上倒是和《蝙蝠侠大战超人》有点相似。烂赌的那位有能力成为富婆，但是就是要赌，房产经纪那位明明事业很成功，但是就是要乱搞，反正，什么不该做，他们就要理直气壮地去做什么，并且还觉得自己活得不开心。

你们活得这么累，难道不是作出来的？把自己失败的人生寄托在几张来来回回的信纸之上，这不是矫情又是什么呢？你别跟我说这是文艺。

三

除了《捉妖记》之外，但凡是汤唯主演的电影都或多或少有些文艺的气息在，毕竟汤唯是我们的文艺女神嘛。

可是，我却觉得《北京遇上西雅图之不二情书》就是一部“伪文艺”片。至于那些数都数不过来的现代与古意并存的经典台词，不过是文艺的包装盒子。

作家王安忆有一篇文章《日常生活的常识》说到一种伪文艺，指脱离生活的“文艺腔”。文中举了一个例子：某部电影中，女主人公在送孩子去看完急诊后，来不及吃午饭，只能啃一个烧饼。在王安忆看来，“她很艰难地啃了一口，随即热泪盈眶。这个镜头很是被专家们称道，可实在觉得文艺腔太重了，不像。一个被生活煎熬了多年的人，对这些该是习以为常，早已经具备应付能力了”。

《北京遇上西雅图之不二情书》里，十几岁混赌场，整天想着怎么回本而不是戒赌，利用姿色周旋于阔绰老板赚取小费的汤唯，迷上《查令十字街84号》的书信游戏，幻想情书背后的文艺爱情。一边想着背负的百万债务以及社会人士的纠缠不休，一边却将希望寄托于陌生的书信对象。可以说，这部电影就是一出不切实际的幻想，尽管“文艺腔”十足，但现实感也很露骨，不能避免“伪文艺”的嫌疑。

“从前车马很慢，书信很远，一生只够爱一个人。”在一切都电子化，社交软件大行其道的现代，靠着书信去交流，就像是现实之外的梦想，人人都会有。

如果非要说这部电影让很多人开始追忆书信的慢节奏日子，我只能说，做旧的怀念感并不代表文艺本身。

汤唯跟吴秀波各自经历的故事，循着各自的生活轨迹去发展，时不时以书信来碰撞，最后让两条线索合为一体，故事完结，有着《海角七号》般的潜质，又有着《触不到的恋人》般的野心。

汤唯跟吴秀波各自的情感生活，又像是《非诚勿扰》和《爱情呼叫转移》，段段都是独立的故事。

但是，文艺腔让整部电影显得太沉闷，本来一部商业片，却文艺有余，商业不足。

## 四

在《北京遇到西雅图之不二情书》里，汤唯饰演了一个在澳门赌场里厮混的女孩，听到她讲粤语我瞬间恍惚，脑海中闪过《色戒》中的王佳芝带着白色的宽檐帽，穿着旗袍，靠在咖啡馆的柜台对电话那头的邝裕民讲粤语时犹豫隐忍又警觉的眼神。

不得不说，汤唯讲粤语时真的好迷人啊。

和第一部的表演风格差不多，汤唯仍然饰演一个大大咧咧的，兼具豪爽与妖艳、勇敢与脆弱的“有故事的姑娘”，这种讨喜的角色汤唯大概早就驾轻就熟了，毕竟汤唯是“文艺界”的女神。

但是，你别跟我说只要有汤唯就有文艺，我会觉得这是伪文艺。

芸 芸 众 生， 我 们 皆 是 饮 食 男 女。

暗恋这桩小事，能让人充满幻想，

死心塌地，万念俱灰。

# 你我本无缘，全靠表情包

一

你的身边应该有这样的朋友，你们经常联络，开场白一定是表情包。当你们聊完之后各忙各事时，你会发现你们刚刚的聊天记录里，表情包比文字要多得多。

嗯，这是一个表达不够，表情凑的网络时代。

“能用表情不打字，一言不合就斗图”。当对方扔出一张表情包的图片时，你知道你们的战役已经打响。

你抛个梗，我扯个段子。

你打我脸，我反弹给你。

你走心了，我跟着卖萌。

你我棋逢对手，不亦乐乎。

然后，一不小心就发现，你偷了我的表情包。

二

去年在影院看过一部科幻片《火星救援》，影片中的 Mark 遭遇巨型风暴被困在火星时，地球这的人是怎么知道他还活着，他又是怎么和地球取得联系的，这些最初都是靠图像在起传递作用，其次才是文字信息的交流。

这倒是可以解释现下表情包兴起的原因，很多意思原来需要语言符号来表达，大家却开始习惯用图像来替代。当碎片式的阅读与低价值的信息传递特征愈加明显，表情包的出现无疑缓解了单一语言呈现的苍白语气，软化了文字交流硬度的尴尬窘境。

我应该属于那种缺了表情包就能把天聊死的人。和陌生人打招呼时，用可爱的女孩微笑表情包代替生硬的“你好”；和人谈完合作时，发一个卖萌开心的表情包代替死板的“合作愉快”；聊到尴尬话题不知怎么接时，便抛出偶像吴彦祖的谜之微笑表情包。

之所以依赖上表情包，大概也是经历过大多数人都会经历的那种事：当对方发来很长的或者很多条消息时，因为正忙或者正在休息或者此刻不想看的原因，回给对方一个“哦”字而从此失去了一个朋友。此后遇到这类情况，我都会回一个能够表达友好情绪的任意表情包，传达给对方我收到你的消息并回复了你的意思。

在这个浮躁的时代，每个人都有惰性，也害怕麻烦，面对社会的压力，我们拥抱群体，却依然孤独，也倦于交流。在不得不维系的人际关系中，表情包无疑成为了我们最好的盾牌。

三

我有过一个关系很好的网友，我有很多可爱萌化了的表情都是她发给我的，有很多表情几乎成了我们每次聊天的固定语，有时候，看着表情包里的女孩可爱卖萌的表情，我就会想象着网络那边的她此刻的模样。我们每天都会聊生活，聊心情，有时候突然聊不下去了，便用彼此熟悉的表情默契地结束对话。

她曾经是我每天聊天最多的人，也是我心中最珍贵的朋友，我们曾一致地认为，有一天会在彼此身边像双生花那样生活。只是今年夏天，在我们朝夕相处的一段时间里，更多时候却是沉默的尴尬。直到最后我们吵架了，她说了很多我从来不知道的心事以及对我的误解，那一刻我才明白，原来我们并不是无话不说。

与她疏离后，我们的聊天对话变得简洁，然后对话框由空白变成不见。现在的我们更多的是通过朋友圈去了解对方的生活，就像看着另外一个很像自己的人与自己渐行渐远。

那些她曾发给我的表情包，像遗物一样躺在微信里见证着一段逝去的时光。

四

其实，表情包是一种很奇怪的情感交流方式，在彼此没有面对面交流的情况下，我们借用表情包来让对方理解自己的思想感情，或者来表现自己文字表达上未说出的画外音，这样的交流并不真实，因为缺乏情感反应。

英剧《黑镜》里，一场车祸夺走了玛莎男朋友艾什的性命，之后她通过高科技得到了一个人工智能新艾什。尽管从外表到说话都一样，但玛莎还是觉得新艾什不好，最后把他关在阁楼里。究其原因，还是因为新艾什缺乏了一个真人的情感反应。

就像在这个社会上，很多人不敢当面行骗，却敢网络诈骗，因为在面对真人时，是需要通过语言、动作、眼神等进行面对面的生交流，这样的真实感里会给自己带来心虚或者不忍等情绪，但在网络诈骗时，因为看不到对方，便完全可以利用一堆虚假的文字信息去进行交流。

这些情况其实和表情包很像，聊天时，对方用表情包向你传达他的喜怒哀乐，却并不是他真实的感受，只是建立在虚假中的一种交流方式。

五

当“蓝瘦香菇”的表情包火起来的 24 小时之后我才明白了其意思，不得不说，那一刻我觉得我与这个时代脱了轨。网络时代，不管是之前傅园慧的“洪荒之力”还是王宝强的“宝宝不哭”，每一个热点、每一个梗都能够以表情包的方式像病毒一样传播。

打开微信，看到有的群里有一群抢了红包的人正刷着“谢谢老板”的消息，有的群里正在因某个娱乐热点正火的某明星刷着该明星新出来的表情包，有些群里因为一些话题争议便一言不合用表情包在斗图。

多少人在顺应着当前流行的主流方向里狂欢，不断删除旧的表情包，更新新的表情包，用表情包来最大程度地表达那些很难用语言传达的情绪和想法。我们用表情包替代了语言，但是我们所用的同样的表情包就代表着我们想说的是同样的语言吗？

狂欢背后的真相是，我们乐此不疲地用表情包表现着共同的立场与想法，然后一言不发的像患了失语症那样沉默。

六

张爱玲说，于千万人之中遇见你所遇见的人，于千万年之中时间的无涯的荒野里，没有早一步，也没有晚一步，正巧赶上了，那也没有什么别的可说，唯有轻轻问一句：“哦，你也在这里吗？”

只可惜，就在我问你“你也在这里吗”时，你扔给了我一个“你猜我在不在”的表情包。

真正的有缘，得在因缘巧合的相遇后，不用担心因为尴尬而无话可说，不要顾忌不了解而拒绝言语的交流。

# 有一种闺密叫谁喜欢我，她就喜欢谁

一

小英的闺密跟她男朋友在一起了。

小英说："我们两个人关系一直很好。她刚来北京没地方住，我就让她住我这。她非常贴心，每天给我准备好次日早上带去上班的午饭。我以为我们会一直这样好下去，甚至笃信着如果哪一天谁先结婚了，对方肯定是准伴娘。"

"记得她搬来我这儿的第一天，她问我可以睡你的床吗？我还回她睡我男朋友都没问题……"小英突然自嘲地笑了。

小英跟我倾诉这些时，我想到了一部刚看不久的英国电影，中文译名很好听——《她比烟花寂寞》。

电影讲的是两姐妹的故事，她们都很有音乐天分，姐姐吹长笛，妹妹拉大提琴，但妹妹一直嫉妒姐姐，终于有一天她盖过了姐姐的光芒，在姐姐作为一个默默无闻的女子嫁给了一个老实男人时，妹妹成了赫赫有名的大提琴演奏家，可是她依然觉得很失落，竟然跑到姐姐的家，表示她要和姐夫上床！

姐妹如此，何况闺密呢。要知道，“流水的男人，铁打的闺密”，这句话并不是人人都受用的。

二

我问英子：“你是不是经常在她面前谈你男朋友。”

“是啊，我和我男朋友之间每天的琐事她基本都知道。有时候我们吵架了，她还会帮我想办法怎么和解。”

聪明的英子应该明白我问这话的意思。

闺密就是那个跟你性格相似或者互补的女人，她甚至比你自己还要了解你，而男朋友又是那个和你性格融洽或者互补的男人。所以从逻辑上来看，闺密和男朋友还真的蛮适合在一起的。

其实一切都情有可原，女人之间必聊的一个话题就是男人。从英子交男朋友开始，闺密就知道了这个男人的存在。

“他真的很贴心，每次都会把水的瓶盖拧开了给我。”

“嘿嘿，他身材很棒，有八块腹肌呢。”

“他不爱吃辣，不爱吃凉的东西。”

……

从没跟这个男人见过面，闺密都能在心中画出英子男朋友长什么样子了。当英子第一次带闺密见男朋友时，闺密对英子男朋友说：“你和我想象中的模样差不多呢。”

后来闺密对英子感叹：“亲爱的你真幸福，如果我也有这么好的男朋友该多好。”

再后来，英子每次和男朋友吵架时，都会找闺密抱怨男朋友的不好，有时候闺密会说：“你觉得他这不好那不好，可这么好的男人到哪里去找，我都为他心疼，你不要他的话，不如让给我吧。”

不过，闺密嘛，不就是对你来说，抓住你的一个不好能说上半天，她再怎么开玩笑你都不必对她生气的女人嘛。所以很多时候，英子都没有在意闺密那些看似无心之谈。

直到有一天，英子收到男朋友要求分手的短信，与此同时，闺密给英子发完“亲爱的，对不起”的短信后搬离了英子的屋子。

一切都像一场策划好的预谋，怪不得有人说，防火防盗防闺密。

三

在和小英聊天的过程中，我总结了四个与闺密相处时的注意点。

不要对自己的闺密张扬自己的幸福：

不管闺密单不单身，你都不必张扬自己的幸福，毕竟，不是全世界知道的幸福才是幸福，别让爱你的女人爱上你的男人。

不要带着闺密跟男朋友约会：

谈恋爱本身就是两个人的事情，自己给自己带上一个灯泡，不仅影响你和男朋友约会的气氛，说不定哪一天做灯泡的那个人成了自己。

在闺密面前少夸男朋友的好：

她可以祝福你的幸福，但不能觊觎你的幸福。不要让你的闺密嫉妒你。

不要给男朋友单独去帮你闺密的机会：

别把自己做的嫁衣，亲手给你的闺密披上。闺密有事情求你帮忙但你又没空时，没必要让你的男朋友去帮忙，毕竟，只要天时地利人和，爱情的火花，擦起来就不是件多难的事情。

四

有一种闺密叫谁喜欢我，她就喜欢谁。其实，气愤也好，伤心也罢，选择原谅才是对自己最好的释怀。

毕竟闺密此刻拥有的，是你拥有过的。那么你所经历的，也许有一天她也会经历。风水轮流转，不如感谢前闺密和前任，是他们让你收获了成长。

虽然现实生活里这类悲惨的故事告诉我们，得防火防盗防闺密，但那防的都是假闺密，我们大可不必随意就去否定真正对你好的闺密，闺密是一辈子的情人，也是另一个自己。

五

《欲望都市》中有一个让我看哭的场景，是米兰达送走儿子后，努力压制着内心濒临崩溃的脆弱，给凯莉打电话求助，当时睡眼惺忪的凯莉辗转反侧后披上外套出门，在风雪天里打车去陪米兰达，剧中此时放的配乐是经典友谊之歌 *Auld Lang Syne*。

我知道这就是真的闺密，她懂你的欲言又止，她会在你最需要的时候，给你惺惺相惜的默契，并去你的身边，给你陪伴。

那首 *Auld Lang Syne* 也出现在郭敬明的电影《小时代》中，我坚持喜欢《小时代》的原因，也是因为当中的闺密情触动了我。

但对我来说，闺密情其实和爱情一样，都是有保质期的。曾经陪在我身边的男孩女孩，我也以为是可以陪我一辈子的人，但现在都已经天南地北，成为路人，或者敌人。

据说《欲望都市》里姐妹情深的四个人，现实生活里其实互不来往，毕竟每个人都有着现实利益的操守。

闺密是不受情感规范与法律约束的一种关系存在，可以脆弱得不堪一击，也可以牢固得坚不可摧。

在慢慢长大的过程中，我们都逼不得已地被时间推着前行，每个人都会改变，闺密情也总会伴随着琼瑶似的爱恨情仇而面目全非。

但真的闺密，是永远不会和你的男朋友在一起的，因为她舍不得你难过。

我想陪你走过千山万水，

穿过茫茫人海。

# 姑娘，你确定你想征服世界？

一

在咖啡店，听到邻座的一对姑娘在聊天，一个觉得比征服男人更过瘾的，是征服世界。另一个问：“你确定你想征服世界？”

我忍不住瞥了一眼那位想征服世界的姑娘，20岁左右的稚气包子脸，油光满面，还长了一脸我密集恐惧症下不忍直视的痘痘印。我在心中也想问一句，姑娘，你确定你想征服世界？

想要征服世界，首先，颜值不能太低吧。别说我以貌取人，这个世界，只有爹妈和老师才会告诉你，长得不好看可以用才华来弥补，丑人也可以征服世界，这是扯淡。我不否认丑人依靠自己的努力可以成就自己，但你知道他们脚下有多少丑人的尸骨吗？

二

其次，想要征服世界，你得戒掉矫情。真不幸，我听到了那位姑娘继续侃侃而谈的话：我觉得我现在努力工作，有一天一定会遇到我的伯乐，我觉得我喜欢他，我喜欢就好，付出就好，我不求回报，我只求我所做的一切都对他好……听那位姑娘说着一堆“鸡汤”，我真的很想吐槽一句：姑娘，你这难道不是在矫情地顾影自怜、自怨自艾吗？

当听到姑娘说她就喜欢琼瑶的偶像剧幻想着那些爱情桥段时，我觉得我快挺不下去了，然后，我快速喝完了手中的咖啡，走出了咖啡店。你想要征服世界，靠这些感性吗？别跟我扯什么还珠格格情深深雨濛濛琼瑶阿姨这一套，更别叽叽歪歪拿被爱情冲昏了头脑为借口做蠢事。爱一个人，至多七分，剩下三分爱自己。就算拼了十成的老命去爱也得看看有没有人稀罕，别以为爱一个人更多，得到的机会就越大，理智点，好吗？

## 三

一个女孩子，要想征服世界，最重要的还是要看你有没有魅力，有没有足够迷人好吗？

说说美国前“第一夫人”吧，这个称号是从白宫传出来的，由杰奎琳发扬光大。杰奎琳是用女性魅力征服世界的人，她著名的“服饰外交”是现在各国第一夫人或王妃争相模仿的。因为她的陪伴，肯尼迪总统迅速奠定了自己的国际地位，而且美国人随性的形象也得以纠正。美国，这个自由的国家，也有了高贵、优雅的王室范儿，当然，这主要是由杰奎琳散发出来的。

说了杰奎琳，不得不说起另外一个人，对，就是跟肯尼迪总统有一腿的杰奎琳的情敌玛丽莲·梦露，她的形象与可口可乐瓶、美钞、蒙娜丽莎像齐名成为波普大师 Andy Warhol 的灵感素材，她是黄金好莱坞的代言人，她能代表整个好莱坞的电影形象，甚至可以代表美国。阳光般的金发、樱桃般诱人的双唇，还有她嘴角那颗经典的美人痣，她就是性感的代名词，可以说，她是全世界男人女人都为之疯狂的女人，她征服了全世界。

四

如果你的男朋友对你说：“我征服世界，你征服我就够了。”

姑娘，愿你带着足够的自信地对他说：“不行，我不仅要征服你，我还要征服世界。”

# 爱一个人又不是在打仗，为什么偏要势均力敌呢？

## 一

竹子和小兰最近分手了。

他们两人在各自生活的领域里都获得了相对的成功，并且男才女貌，很多朋友都羡慕他们的感情，但这场势均力敌的爱情却出现一些无法调和的矛盾，两人性格都很强势，坚持自己的想法和意见。最后竹子说了分手，搬出了一起住的房子。

竹子离开后，小兰问我："我是不是错了，我是不是太要强了？作为女朋友，是不是就应该尽力去维护他的骄傲？"

我说："你们都没有错，但是爱情的世界里除了势均力敌更多的是妥协和谅解。"

## 二

我给小兰讲了一个关于英国伊丽莎白女王和丈夫菲利普亲王之间的故事。

有一次，菲利普亲王愤怒地返回卧室并用力甩上了门。女王本打算敲门主动示好。“谁？”菲利普问。“英国女王！”但菲利普并未理会，女王再次敲响了门。“是谁？”“伊丽莎白二世。”菲利普依旧没有开门。“我是你的妻子，能开开门吗？”菲利普此时才心软。

在公众场合，女王是高高在上的国家元首，而在家里，以丈夫菲利普为尊。这则故事里，我们看到了妥协与谅解。

小兰说：“我突然想起安妮宝贝说过的一句话：爱没有对错、真假、是非。它是人对自身的探索、实践和验证。它不持原则，无需评断。它最终是一种洞悉，一种原谅。”

三

《太阳的后裔》很火的时候，宋仲基与宋慧乔在剧中颜值相当，智商相当，个性相当，实力相当……完美又登对。

霍建华与林心如公开恋情的时候，“禁欲系男神”与“还珠女神”珠联璧合，很多人祝福的同时都说，他们真的很配。

似乎被大众认可的爱情，大多都势均力敌。

前阵子在《非凡挑战》上，林依晨和郑元畅搭档闯关的过程中，看到郑元畅跑错了路，林依晨喊了郑元畅一句“直树”，让很多看过《恶作剧之吻》的人顿时泪崩。

当年我们看《恶作剧之吻》，袁湘琴相貌平平、举止笨拙，却偏偏喜欢上名列前茅的校草江直树。当直树一直没接受湘琴，遇上裴子瑜，甚至跟她出双入对的时候，我们是不是都为又傻又单纯的湘琴着急过？可是，明明江直树与裴子瑜看上去才是金童玉女，颜值、智商、情商……明明他们俩才配拥有一段势均力敌的爱情。

最后直树与看似距离很远的湘琴修成正果。原来两个人即使双商有差距、颜值有高低，也一样会被互相吸引。有多少人恰好能遇到一个与自己同时心动的人呢？更多的应该是在相处过程中慢慢被打动。

爱一个人又不是在打仗，为什么偏要势均力敌呢？

四

那晚我跟小兰看了一部电影《面纱》。电影中沃特妥协于吉蒂的爱好、生活习惯、生活追求，妥协于她说话的方式、她眼界的水平，甚至妥协于她身体的自由支配。

但吉蒂出轨的时候，他忍受着却并没有离开，他带着吉蒂去云南，却并不理她。但这并不是报复或者赌气，他在承受爱情里的等级差。沃特对吉蒂的爱并没有消失，甚至也没有减弱多少，他受到了伤害，但他容忍了这种伤害。

而当吉蒂发现自己怀孕，孩子已经两个多月大却搞不清楚父亲到底是谁时，她第一次觉得心如刀割，不明白为什么自己曾经做过这样的事，沃特又原谅了她，接受了这件事，他只想和吉蒂过以后的人生。

最后沃特得病去世，吉蒂回到了英国，独自抚养孩子，用一生的时间去思考什么是爱。

我们爱一个人，也许就是在臣服一个人，同时希望征服对方。我们经常说有感觉，什么是感觉呢，其实就是这种我想不想征服你或者臣服你的感觉，是最能把我们推向情绪体验巅峰的东西。

看完这部电影，小兰主动去找了竹子，听说后来竹子又搬回来了两人的住处。

五

我想，现实中并没有那么多势均力敌的爱情。没有那么多你喜欢我我也喜欢你，你帅我也好看，你赚的钱少我也花的不多的事存在。

爱情是一个需要妥协与谅解，需要征服与臣服，让彼此成为更好的彼此的过程。

最好的爱情，并不是要跟你势均力敌，不分高低。而是我享受被你征服的感觉，我也愿意臣服于你，为你妥协，我更愿意为了你坚持并努力，哪怕是天差地别。

# 男神，别存那么多备胎好吗？

一

在 KTV 玩真心话大冒险时，阿力被问起现在被多少人追求时诚实地回答：“太多了，真的数不过来。”

在场的很多姑娘内心都像被浇了一盆冷水。

阿力英俊潇洒，温文尔雅，是当之无愧的男神。他对每个姑娘温暖地微笑，友善地聊天，不拒绝每一次表白，并认真地赴每一场约会。

在场的佳佳听完阿力的回答后举起麦，大声说：“男神，就凭你这句真心话，我一定要送你一首歌！”

佳佳唱的是许哲佩的《气球》：

黑的白的红的黄的
紫的绿的蓝的灰的
你的我的他的她的
大的小的圆的扁的

好的坏的美的丑的
新的旧的各种款式各种花色任你选择
……

唱着唱着眼泪就下来了。

## 二

佳佳喜欢阿力很久了。

佳佳经常问我："是不是我真的不够好？是不是我还得再付出一些才能打动他？"

她每次这么问时我都对她说："亲爱的，你已经很好了，唯一的不好就是像个傻瓜一样喜欢着阿力，心甘情愿地做着备胎。"

阿力和佳佳经常在微信上聊很久，也一起看过电影吃过饭，但这些都不是阿力主动的。每一次都是佳佳对阿力嘘寒问暖，佳佳在了解阿力的喜好后经常送他自己精心准备的小礼物，阿力从来都没有拒绝过佳佳付出的好。

就是阿力这样不拒绝但也不接受的状态，给了佳佳不放弃并一直坚持下去的希望。

我问过佳佳："你有没有觉得你对阿力好到经常感动到你自己？"

佳佳点头。

"佳佳，每一个备胎其实都是跟自己在谈恋爱。"

佳佳看着我，摇摇头。

难道不是吗？你自己感动自己，既高尚也卑微，既自恋也自毁。可惜，这样的状态无法持续一辈子。自己跟自己谈的恋爱真的太孤单，也太苍凉了。

你终究要和一个不把你当作备胎的人谈恋爱，你们彼此相爱，这样的爱情虽然终归要落入琐碎的生活与寻常日子，却是温暖的，不可替代的。

在这之前，你得从备胎的状态里解脱出来，就像自己和自己分手一样，其实很容易，但你紧握在一起的双手让你会产生错觉，以为这很难。

三

那天在 KTV 玩真心话时，在场的姑娘里还有个叫话梅的，也喜欢阿力。她比佳佳幸运很多，不止是因为阿力会主动和她聊天。

阿力每天都会和话梅互道晚安，会主动给话梅发“晚上天冷，不要踢被子”这样温柔的话。在话梅被痛经折磨得不能下路时，阿力还买过红糖亲自送到她寝室门口。

话梅和阿力保持过一段时间的男女朋友交往关系，但阿力从来不愿意见话梅的朋友，阿力说，我喜欢的是你又不是她们；阿力也不愿意带话梅去见他身边的兄弟朋友，阿力说，这本来就是我们两个人的事情，其他人没必要参与；阿力从来不和话梅谈论未来，阿力说，我们还年轻，想那么远干什么。

直到有一天，话梅问阿力：“我现在是你女朋友吗？”

阿力说：“你怎么老爱想这些没意义的话题呢？”

这句模棱两可的回答伤了话梅的心，但话梅后来也想开了：“毕竟也曾真实地拥有过他，对这份感情不抱幻想，但也没有遗憾了。”

和阿力有暧昧的女生太多了，话梅和佳佳和还有很多喜欢阿力的女生一样，都只是备胎。

四

备胎，有人绑在车后面，有人锁在车厢里，它总能备一时之需。

备胎总是温柔的，因为你不用去想着跟她过寻常日子，也不用和她一起处理生活里的琐碎问题。你却也不怕失去她，她是永远可以失去的。

《红楼梦》里，宝玉第一次见宝钗时，是这么写的："宝钗生的肌肤丰泽，容易褪不下来。宝玉在旁看着雪白一段酥臂，不觉动了羡慕之心，暗暗想道：这个膀子要长在林妹妹身上，或者还得摸一摸，偏生长在她身上。"

我经常笑阿力就是个多情公子贾宝玉。

而阿力却说："我不多情，我可是一直单身着。"

阿力还说："如果最后不是那个人，一辈子单身又何妨。"

我不管阿力在等着哪位林妹妹，反正他这处处留情存备胎的做法我是不认同的。

阿力说："我是真不知道怎么拒绝她们。"

阿力说这句话时的表情，真的很欠揍。

看过《来自星星的你》这部剧么？

有一个女生对都教授表白，拿出一盒纸星星，都教授两个字就把对方秒杀了："不买。"

拒绝表白其实是件很简单的事情，你完全可以说你是来自 M78 星云（奥特曼的故乡），你不能和人类产生感情的，除非对方是千颂伊。

五

没有谁会心甘情愿做备胎。暧昧不清不会迎来皆大欢喜的好下场。如果有好感，就试着在一起，如果喜欢上了，就在一起，如果不喜欢，就离远一点。总之不接受又不拒绝这种事，真的不是好事。

拒绝并不伤人，真正伤人的是你不会拒绝。有人爱慕你，这本是一件美好的事情，珍惜好这份美好的最好办法就是，如果我并不能给你幸福，那我拒绝你，愿你找到真正爱你的人，祝你拥有该拥有的幸福。

张嘉佳说：“别人做得越绝，你反而越容易走得出去。所以很多时候，你应该感激那些毫不顾及你的人。哀莫大于心不死，幸莫过于死彻底。”

你得学会拒绝一些人，拒绝之后，一别两宽，各自为安。

六

当然，既然你是男神，那你本来就是可望而不可即的存在。在你还没有开始用心地去爱一个人，与她相濡以沫，把日子过成柴米油盐前，对于喜欢你的人，你当然不能全拒绝，也不可能全接受。

把暧昧玩得风生水起，这才是男神啊，才会让人喜欢啊。

可是男神，别存那么多备胎好吗?

毕竟，备胎多了没啥好的，只有破车才需要备胎。

# 第四章

# 我拿你当朋友，你把我当人脉

你的负担将变成礼物，
你受的苦将照亮你的路。

——泰戈尔

# 敷衍我，还不如拒绝我

端午节快到了，同事小琴在朋友圈发了张亲自包粽子的图片，我留言：想吃。小琴秒回：妥妥的。

第二天到公司，小琴真拎了一袋粽子走过来时我非常惊讶："我就随便留个言，你还当真了？"小琴回："很多人给我评论想吃，但不是每个人我都会送，不送的那些人我都认真拒绝了。"

那天中午，我跟小琴一边吃着粽子一边聊着天，小琴说："网上有句话叫'随口答应不如认真拒绝'，对这句话我真的不能再认同。"

去年差不多这个时间，小琴和前男友阿游在一起半年，准备跟阿游回家见他父母，因为听阿游说过他母亲的腿不怎么方便，小琴便对阿游说打算买一个治疗腿的热疗机做礼物，当时在玩手游的阿游回了一句好啊，结果那天当小琴将热疗机带过去时，阿游的母亲顿时拉下脸，直接忽略了小琴的招呼，对阿游说："之前你姐在网上不是给我买过这仪器并把我腿烤坏过吗，后来还是你送我去医院的呢……"那天的气氛很尴尬，因为热疗机的缘故，小琴感觉到阿游的母亲不喜欢自己。

那天从阿游父母家出来后，小琴跟阿游吵了一架，阿游说："我就随口一答应，哪知道你当真，今天看你都买好了，就没有告诉你有这么一件事，再说我哪知道我妈真的会因为这东西不开心。"

小琴第二次跟阿游去他父母家吃饭时，日子靠近端午了，小琴观察到阿游父母家中并没有准备粽子，于是饭桌上，小琴小心翼翼地说自己每年都会包粽子，不知道叔叔阿姨喜不喜欢吃，当时阿游的母亲笑着对小琴说好啊，正好今年没有包粽子。

那天回去后小琴跑了好几条街才买到包粽子的艾蒿叶，并去超市买了糯米以及枣子、肉等馅材，因为白天要上班，小琴就熬夜包好粽子，四个枣馅，四个肉馅，赶在端午前给阿游的父母送去。小琴说，当她看到阿游的母亲和蔼可亲地接过粽子时，她真的幸福地以为自己受到了阿游母亲的肯定。直到三个月后，在阿游父母家掌厨时，打开冰箱，看到自己当时送来的八个粽子原封未动地躺在那时，心里委屈得想哭。

当时小琴假装不在意地问阿游的妈妈怎么没有吃粽子，对方不经意地说："有朋友送了粽子礼盒，那牌子还蛮出名的，听说很好吃，所以就先吃那个了。"

那天，小琴跟阿游说了分手，阿游挽留时，小琴说："爱情是两个人的事，婚姻是两个家庭的事情，我真心待你，也真心待你的家人，换来的却都是敷衍。"

我欣赏小琴认真待人的处事态度，我说我想吃粽子，她说妥妥的，第二天便带给了我，像她说的，不能带的朋友，她认真拒绝。

我很不喜欢小琴前男友阿游及其母亲对小琴敷衍的行为，我能理解小琴为什么说她很认同那句"随口答应不如认真拒绝"，其实伤人的从来不是拒绝，而是真心换来的敷衍。

有多少感情在敷衍里受伤，做不到真心换真心，于是人心隔肚皮，所以这个人情往来的世界，总会多几抹聚散离合的忧伤。

# 你的兴趣不一定要成为你的工作

一

毕业季，毕业生的话题大多围绕工作。同学薇薇对我说："真羡慕你，把自己喜欢的事情做成了工作。"我们是英语翻译专业，我是班上唯一在大四时跑去北京在新媒体行业实习的人。我对薇薇说："说真的，没什么好羡慕的，你的兴趣不一定要成为你的工作。"

我算得上我们班的"学渣"，大学四年，我经常逃课，不是在书店里看书或者对着电脑工作，每次考试都是靠着"助攻"混过。

大一在一个网站做周刊主编，管理网站后台，负责话题更新，运营微信新媒体，网站的创始人是做互联网的，两年前我一个人跑去北京见团队，他们带我进入互联网的圈子，因此认识了很多互联网里的牛人，还拜了一位投资圈的大咖为师，我跟着他们在北京奥林匹克中心参加过黑马大赛，在搜狐等领先互联网公司听过互联网沙龙讲座……那时候我就对自己说，以后一定要进入这个世界。

于是大四实习时，当班上的同学大多都选择了江苏这边的外企类公司，唯独我跑去了北京，但是在很多个加班的深夜，在租的房间里对着电脑码字的我也会觉得孤独和乏味，并问自己：这样的工作真的让我很感兴趣吗？

直到有一天，一个薪资待遇都很不错的程序员朋友跟我聊天，说他打算换个很感兴趣的设计工作，我竟然脱口而出问为什么。当他说他厌倦了这样枯燥乏味的生活，他一直喜欢 PS 并做得不错，觉得自己感兴趣的事情应该可以发展得很好时，我却不敢跟他说支持他，当时的我想到了自己为了追寻一份兴趣不顾家人的反对选择北漂以及真正工作后的心情反差。

后来这位朋友如愿找到了一份设计类的工作，有一次看到他发了一条朋友圈："才知道 PS 只是设计的基础， ID、AI、CDR 都不会怎么搞设计！"听说心高气傲的他受不了批评打击就辞职了，并去报了相关的培训班，之后进了一家广告公司，但因为设计的作品受到客户的挑剔，一直得不到肯定又辞职了，最近他发了一条朋友圈："很悲哀的是，我曾经喜欢的事情成了现在讨厌的事情，以后不想再碰设计了。"

我们似乎总是把兴趣想得太美好，不愿去相信它会有让你无奈和难过的时候，当兴趣转化成工作时，真难过，你因为不喜欢这份工作而丢失了一份你曾经热爱的兴趣。

二

兴趣这东西，最重要的，是得自己做主。你喜欢摄影，想拍什么就拍什么；喜欢写作，想写什么就写什么；你喜欢美术，想画什么便画什么。

你想把兴趣转化成工作，于是当你"热情"跟"金钱"扯上关系后，前者便会被后者吞噬，剩下了"利益"的骨头，你却不得不啃。

喜欢摄影的人，一个月能接多少帮忙拍写真的单？喜欢码字的人，你的稿费配得上你的情怀吗？

三

我有一个学姐，她曾是我们学院出名的学霸，我们都觉得以后她应该读研或者进外企公司，但在她大四的时候，却选择去学习烘焙。

当时的我们都很佩服她，学英语这么好的人，去做自己感兴趣的事，多么有情怀有追求！可是直到今天和同学薇薇聊天，我才知道，这位学姐做烘焙的工资一直很少，并跳了几家门店，一直赚不到钱，一年后的现在，竟然和薇薇在同一家公司参加面试。

薇薇的兴趣其实是建筑设计，在实习时她也动摇过要不要去找一份跟建筑靠边的工作，所以她会对我说，真羡慕我把自己喜欢的事做成了工作，但我觉得既然她专业学得很不错，那就不如把它当作自己核心竞争力，你没必要捧着一张英语专业八级的证书去做一个建筑小白。大材小用的环境里，找不到成就感，你再怎么感兴趣也会有挫败感。

四

如果兴趣成了工作，也许就意味着你的兴趣从此告别了纯粹，身心俱疲是迟早的事还不如在适合自己的工作里接受挑战并不断进步。当你的银行卡数值增加时，你就会发现，原来你不需要拿兴趣来赚钱，相反，你可以赚钱来增值你的兴趣。

切•格瓦拉说过：让我们忠于理想，让我们面对现实。你应当继续培养你的兴趣，但你也应当找一份发挥你所长的工作，这样的你可以活得有趣很多。

其实，有一技傍身，养活自己，远比想着靠兴趣吃饭要实在和幸福。

# 你是我好到舍不得谈恋爱的朋友

## 一

我和阿海是特别好的朋友，好到有很多朋友都会问我，你怎么不和阿海在一起呢？

每一次我都这样回答："我们从没有想过要在一起，也没有想过要分开。"

作为朋友，我见证了阿海和一个姑娘感情的全过程。他们恩爱的时候我默默祝福，从未觉得羡慕和嫉妒，但每次听说他们吵架时，我庆幸，我和阿海没有在一起。

后来，阿海跟姑娘分手时，喊我吃饭，阿海告诉我，他跟那姑娘删了彼此的联系方式，从此老死不相往来了。看着不断在给自己斟酒的阿海，我突然觉得，我和阿海能一直是兄弟般的朋友，真的是一件很好的事情。

因为分手了真的很难做朋友，从朋友发展成恋人很容易，从恋人退回到朋友的位置会不开心也会不甘心。

我愿意陪阿海做任何他喜欢的事情；我也记得阿海的生日以及

对他做的每一个承诺；我融进了阿海的所有朋友圈并成了他朋友的朋友；我跟阿海无话不说而且熟悉彼此的每一个心事……

阿海对我说："我们之间，友情以上，恋人未满。"

我对阿海说："你是我好到舍不得谈恋爱的朋友。"

我心里明白，如果我和阿海真的合适，那么早就应该在一起了。可这么久了，我们都已经习惯了以朋友关系的陪伴。

二

最近很火的《欢乐颂》里，曲筱绡和姚滨，安迪与老谭，他们也都是"朋友"的定义。

姚滨应该是曲筱绡每次出麻烦时想到的第一个人，曲筱绡一个电话，姚滨说到就到，说查谁信息立马查到，这世间似乎就没有他姚滨办不到的事。

老谭也是一样，关心起安迪，不止像朋友更像长辈，总能给安迪指出问题的要害，每次出场，都能让人感觉到，事情肯定会稳妥搞定。

我们都能感觉到，姚滨喜欢曲筱绡，老谭喜欢安迪，但我们也能感觉到，他们之间的友情太美好，美好得让你希望他们能在一起，又担心他们在一起后有一天因为分开而打破了这样的美好。

友情里一旦滋生爱情的萌芽，倘若结出爱情的果，你就永远看不见那朵绚烂多姿的友情之花了。

三

我很喜欢舒淇，也像很多人一样，叹惋过舒淇与张震的感情。他们在侯孝贤导演的《最好的时光》里一口气谈了三辈子恋爱。我看过颁奖礼，舒淇挽着张震时，两人像是一对新婚的恋人，其他人都成了衬托的配角，像是来参加婚礼的宾客。可是 2013 年，张震娶了庄雯如，婚礼现场，庄雯如把手捧花点名送给舒淇，舒淇自然而然地接过花束，与新娘真诚相拥，毫不做作。

去年夏末，《刺客聂隐娘》的一次发布会上，张震因为天气原因缺席，舒淇撂狠话不想与张震再合作，张震回应："我无所谓啊，我们私下很好，可以当一辈子好朋友就好了。"

一辈子的朋友，为什么不在一起呢？

直到有一天我看到一条关于舒淇的采访，她说她跟张震是十几二十年非常好的朋友了，好到张震觉得她像男的，而她觉得张震像女的，张震有什么毛病她都知道，她有什么大男子主义的东西张震也都知道，但从第一天认识的时候她就知道他们没可能做男女朋友，他们在一起很轻松。

我突然明白了舒淇在微博上写的"每个女孩子心中都有个爱不了也恨不了的田季安"的意义。我舍不得跟你谈恋爱，大概是因为，我想一辈子拥有你。

## 四

我也想过，如果我真的和阿海在一起的话，对彼此来说，会不会都有一种"我当你是兄弟，你却想上了我"的感觉呢。

如果我们在一起了，在应该跟恋人在一起的时候我跟阿海在一起，在该和朋友在一起的时候我还是跟他在一起。两个人占据着彼此几乎全部的时光，就会很少像从前那样，有畅所欲言无话不说的时候了吧。

《男人帮》里有一句话，如此珍贵的一个人，就不要因为冲动、寂寞或者失落而让她变成有可能的陌生人。

所以，现实里很多个程又青和李大仁是不会在一起的，甜蜜的结局大多都出现在像《我可能不会爱你》这样的电视剧里。

五

你了解我的喜好，知道我看到什么会笑，遇到什么会哭。你陪着我一起成长，看着我头发长了短短了长。比起情侣关系，我更想和你当一辈子的好兄弟，彼此信任，相互支持，能开得起玩笑，也禁得起风浪。

难过的时候，我找你诉说，不要你抱抱我，只要我在快要摔倒时你拉住我，告诉我你在；高兴的时候，我依然要找你诉说，不要你牵着我，只要我伸出手对你说“give me five”（跟我击掌相庆）时，你回给我默契的击掌。你永远都不会是我最亲密的人，但却会一直是我最知心的人。我们之间有距离，却没有隔阂。

我们不谈爱情，不搞暧昧。

但我们可以，一起慢慢变老。

因为你是我，好到舍不得谈恋爱的朋友。

# 有多少人准备好文案等着杨绛先生去世!

一

早上醒来时，收到朋友发来的消息："杨绛先生今早过世了，你之前在有书领读过她的《走到人生边上》，肯定有很多话写，要不要赶紧写一篇文章追下热点？"

我给朋友回，不写。一是不知道消息是否属实，二是到了这个年纪了如果去了，是天福。

有个从来不喜欢看书的人也给我发了条消息："我今天才知道原来杨绛是女的，干吗喊她先生！"我没有回他，好笑的是我看到他也在朋友圈转发了先生去世的推送，并配上了缅怀的相关句子。

看到朋友圈被越来越多的关于杨先生去世的消息刷屏，我感到痛心，我真的很想问问这些人，杨绛先生的书，你们看过没有，看过多少？转发一篇关于杨绛去世的文章，摘录一句杨先生说过的话、写过的字，就能说明你才高八斗、学富五车，有人文情怀？

别贻笑大方了。

前几天，杨绛先生病危入院的消息曾在网上疯狂发酵，不久后

繁花似锦的岁月，你陪我走过。

知情者进行了辟谣，称杨先生身体并无大恙。于是有多少媒体人便准备好了文案等着杨绛先生去世！那个时刻一到，整齐划一地点击确定，发送成功。

这是不是应了钱钟书先生在《围城》里写的话：文人最喜欢有人死，可以有题目做哀悼的文章。

二

互联网传播的时代，每个人都在等着实时热点，我们似乎也都习惯了热热闹闹并一时性地去纪念一个人。就像 2016 年 4 月 29 日作家陈忠实去世时，网络上充斥了各类纪念他的文章，但没多久就沉下去了。但真正的纪念绝不是这样的，转载评论几句，然后就归于沉寂。

为什么引发大家关注的热点不是杨绛先生的作品，而是她的死亡？

杨绛曾译过一小段话：我和谁都不争，和谁我都不屑，我爱大自然，其次是艺术，我烤着生命之火取暖，火萎了，我也准备走了。

杨绛先生有遗言，要火化后再发讣告。所以先生去世的消息这么突然，是不是代表了她的希望走得更安静一些的心愿呢？

三

杨绛先生有句很出名的话："你的问题主要在于读书不多而想得太多。"先生去世，不知道有多少人真正理解并践行了这句话？

1949 年，黄裳曾去北京采访，专程到清华园钱锺书夫妇的寓所，亲眼看见了这对教授夫妇静夜攻读的情形："住在清华园里的名教授，算来算去我只有一位熟人，就是钱锺书。第二天晚上，吃过晚饭以后我找到他的住处，他和杨绛两位住着一所教授住宅，他俩也坐在客厅里，好像没有生火，也许是火炉不旺，只觉得冷得很，整个客厅没有任何家具，越发显得空落落的。中间放了一张挺讲究的西餐长台，另外就是两把椅子。此外，没有了。长台上，堆着两叠外文书和用蓝布硬套装着的线装书，都是从清华图书馆借来的。他们夫妇就静静地对坐在长台两端读书，是我这个不速之客打破了这个典型的夜读的环境。他们没有想到我会在这时来访，高兴极了，接下去，就是快谈。”

我非常尊重杨绛先生，也一直很羡慕她和钱锺书先生之间那份志同道合的感情，他们俩对待学问和生活的态度值得赞叹。

在追悼杨绛先生的日子里，我想我们不应当只是跟着热点转发相关报道文章，而是应当重温她的作品与故事，把她对生命的理解当作精神的茗茶，时时品尝。

你不需要买一套杨绛先生的作品集，扫两眼就束之高阁。你只需要用心地看上一本，就会爱上她的文笔，她的叙述，她的哲思。

四

一百零五岁，天人永隔。杨绛先生的这一个多世纪，是中国社会变动最剧烈的百年。跨越这个百年的人生，是不可避免的跌宕起伏。

生命的长度和密度兼得，这样的人寥若晨星，足以见证历史甚至改变和创造历史了。杨绛先生无意出演这类角色，只是用洗练纯粹的文字，与有限的时间和谐共处。为人妻为人母的使命完成，一个独立的文化人继续工作，清醒从容地打扫现场且战且退。

卑微是高贵者的隐身衣，沉默是骄傲者的智慧树。杨绛先生淡泊倔强地行走在热闹的人生边上，留下了真正的高贵骄傲。

我之前在有书跟书友们一起共读过杨绛先生的《走到人生边上》，这是杨绛先生九十六岁时写的书，书中的文字却如初生婴儿般纯真美丽。

书中有段话：“我站在人生边上，向后看，是要思索人生的价值。人活一辈子，锻炼了一辈子，总会有或多或少的成绩，就不是虚生此世了。向前看呢，再往前去就离开人世了。灵魂既然不死，就和灵魂自称的‘我’，还作一处呢。”

五

伟大的人物之所以被纪念，是因为他们留给后世的思想和品质，而不是供他人写惺惺相惜的回忆录。也许，悼念先生的最好方式，就是多读几本她写的书，她翻译的书。

记住，杨绛先生说过：你的问题主要在于读书不多而想得太多。

# 如果你是我的同类，我会带你进入我的圈子

一

小虹有一个我们谁都没有见过的前任。两人从恋爱到分手，我们都只是听说而已。

小虹前任帅气多金，两人在一起时，经常喊小虹去他住处约会，但从不带小虹参加他的朋友聚会。在这段恋爱关系里，小虹觉得是自己高攀了对方，便凡事看得分明，从不要求进入他的圈子，而他也基本不会在小虹的圈子里露面。

记得有一次一个朋友结婚，小虹一个人来出席婚礼，被问及“你不是有男朋友吗，怎么没陪你一起来？”时，小虹尴尬地说：“他今天有事忙，没有时间来。”

这段若即若离的关系持续了半年后，小虹的前任玩起了失踪。小虹心知肚明，便主动提了分手，此后两人不再往来。

分手后，小虹并没有为此消沉，反而像早就做好了心理准备一样，当谈起这段感情时，小虹说：“他身上的光环让我觉得自己很有分量，我很享受这段恋爱的过程。不过，真正爱你的人，会带你走进他的

圈子。可惜他不爱我。”

## 二

这个世界上有很多像小虹这样的灰姑娘，心中都有一个公主梦，渴望与王子遇见并相爱。但即使遇上了王子，灰姑娘还是会觉得一切都是运气所赐，习惯了待在平民圈子里的她，自知难以融入王子的圈子。

你不带我进入你的圈子，我便不怨，不争，也不必去努力。等到有一天，我们彻底没了联系，我只能感叹，你不爱我。

但这样的观念大错特错，最匹配的感情其实只存在于同一个圈子里的人。民国才女林徽因，集家世、美貌与才华于一身，从小随父亲出席外交活动，自然也能认识同圈子里的徐志摩、梁思成及金岳霖。当然，不是人人都像林徽因拥有这样得天独厚的运气。

既然我们无法决定出生时自己所待的圈子，那就通过后天的努力让自己进入想进的圈子呗。

洋洋是我很欣赏的一个姑娘，相貌平平，父母务农，但她一直都很努力，大学期间自主创业，毕业后和几个朋友开了自己的工作室，并拿到 A 轮融资，之后在一次创业者的活动交流中，认识了知名企业的一位帅气主管。洋洋很钦佩主管的博学多才，主管也很欣赏洋洋的独立能干。

主管对洋洋表白时说的话是：“有些人说不出哪里好，但就是与众不同。我喜欢你，可能只是因为，你是我的同类。”

他们处在同一个圈子里，有很多共同的朋友与共同的话题，没过多久，便见了双方父母，如今拥有了一段稳定美好的婚姻生活。

不得不说，这的确是一个用圈子划分的社会：读书会、悍马社、游泳俱乐部、吃喝玩乐团……优秀的人、有钱人、共同兴趣的人都会划分进同一个圈子里，不管是以朋友的形式，还是以恋人的形式。

但如果不是同类，是很难会被划分进同一个圈子里的。

三

我很喜欢交志同道合的朋友，现实生活里我也加入了很多圈子，最有意义的圈子应该是有书共读。有书共读有很多读书群，群主每天会在各个读书群里推送早晚读拆书包，大多数时候，群里很安静，用群主的话说“不是不让大家说话，只是为了引导大家交流，给大家更好的读书氛围，所以要禁止闲聊”，我喜欢有书的群规。

我们是同类，我们自带默契，我们一起加入有书共读，我们守护着这份净土，不必言多。一旦交流，必定是思想火花的碰撞。

在这个圈子里，我认识了很多喜爱读书的书友，前几周跟大家一起在“有书”共读了杨绛的《走到人生边上》这本书，在有书圈还和很多书友一起讨论了杨绛与钱锺书的旷世情缘。

通过和“有书”共读平台的书友交流，我知道了一件关于杨绛和钱钟书的趣事，是说他两人曾有过读书比赛，比谁读的书多。大多数情况下，两人所读的册数不相上下。有一次，钱钟书和杨绛交流阅读心得：“一本书，第二遍再读，总会发现读第一遍时会有许多疏忽。最精彩的句子，要读几遍之后才会发现。”杨绛不以为然，说：“这是你的读法。我倒是更随性，好书多看几遍，不感兴趣的书则浏览一番即可。”

如此读读写写，嘻嘻闹闹，两人的婚姻生活充满了悠悠情趣，羡煞旁人。但根本原因，其实是因为，他们是一个圈子的同类。

四

曾经看过一个小故事，在一个主题为“创造财富”的论坛会上，发言人让每个人在纸上写下自己圈子里最熟悉的6个人，并写下他们每个人的月收入，然后算出月收入的平均数，这个数据便能反映你个人月收入的多少。测试的结果让所有人都惊叹。

毕竟，“物以类聚，人以群分”，“近朱者赤，近墨者黑”，只有同类才有共同的圈子。

4月23日是世界读书日，“有书”这几天也有一个“满百计划”，在4月20日至4月25日期间，共读群现有书友有邀请朋友加入你所在共读群的限时特权。

真正爱你的人，会带你走进他的圈子，但前提是，你得是他的同类。

# 我拿你当朋友，你把我当人脉

## 一

两年前，在北京，认识了一个互联网领域很牛的人，那天在他的办公室，他拿出一本他收藏的名片册子给我看，全是北京互联网领域的牛人，估计有五百多位，他说，这些名片都是我一个一个当面要的。

我问他，这些都是你的朋友吗？他笑着说，都是人脉。

后来，他举办一场互联网沙龙，作为主持人，需要邀请一些人物作为嘉宾，沙龙举办前两天，他一直在给人打电话，但听得出很多人都借故委婉拒绝了，最后请来的几个人物也算不上特别有名气。

在我的意识里，如果是朋友，只要有忙一定会帮的，因为朋友是拿真心去相处。但人脉只是一个关系的建立，我们更是建立在利益角度上的关系，是我可以帮你，但你可以给我什么这样的关系。

当时的我还是个学生，也没有实习，在北京跟他们去国家会议中心参加一次很大的活动，是他托关系帮我要了一张工作证人的场，他给我布置了一项任务：去跟这里的每个工作人员打招呼，要联系

我想与你同衾共枕，相拥而眠。
我想和你形影不离，如胶似漆。

方式，建立人脉。那天我没听他的话一个人跑出去了，因为这件事我一直被他们说任性。

我知道他人脉很广。他的微信好友早已满了五千，每天都要删部分人，加新的人。当时的我微信里只有几百好友，大多数都是朋友。

我只是觉得，如果人与人之间的认识一开始就抱着目的，我需要认识你是因为你是某某公司的谁，你可以成为我以后需要的一条人脉，那我活得是该多累！况且，真遇到什么需要帮忙的事时，我想我会去找我的朋友想办法，但绝对不好意思去找一个人脉求助。

## 二

但有时候，人脉和朋友也是可以相互转化的。

我曾被那位牛人朋友拉进一个互联网的大群，并听他的话加了群里不少牛人为好友，其中有一个做产品的姐姐，我们偶尔会给对方点赞评论。我准备来北京工作前，发了动态，她问我是来工作吗，随后问我要了我的简历，帮我给她的一些朋友发了过去。

正是她这条人脉的帮忙，我来北京的每一场面试都很顺利，通过几场不同的面试，自己进行筛选判断，最后找到了一份适合的工作。

工作后，我们见面吃过几场饭，聊得很投缘，渐渐成了朋友。

后来我问她怎么会帮我，她说："和你简单的互动时蛮喜欢你的，你来北京我很开心，也想真心交你这个朋友，能成为你的人脉帮到你我也很开心，而且那些都是小事。"

的确，如果刚开始认识的时候就抱着交朋友的真心，不管对方的身份位置，能帮则帮，那么恭喜你，多了一个朋友。你真心地对待你的人脉，对方一定可以感受到，相反，只是在需要的时候联系别人，只会引起对方的反感。

三

我一直都相信，你的人脉价值取决于你自身的价值。

我有一个朋友，曾经她每天下班后都要去参加各种聚会，用她的话说，这叫混圈子，她也经常跟我们说，她认识谁谁谁。后来有一天我跟她聊天时，我问起一个她之前经常提在口边的人，据她说他们见面很多次也吃过很多次饭，可是那天她说："算了吧，都好久没见面了，人家现在事业越来越好了，我约他好多次也没时间搭理我。"

或许，除了没时间外，更主要的原因是觉得没必要吧。

我那位互联网领域的牛人朋友一年前跟我说过一句话："你看我现在每天都在进步，才能认识更牛的人，你如果一直停滞不前，也许有一天我就不会带你再进入这些圈子。"

后来我很自觉地不再和他联系，也许因为那时的我还没走出校园，还是一个互联网小白，过于有自知之明。

直到我开始工作并有幸认识了一个很有情怀也很懂我的老板，我跟他聊起曾经的一些经历与感悟时，他鼓励我说："我相信你会通过你的努力让自己站到一个高度上，在这个过程中，我也会帮助你创造出你自己的价值。"

工作后的我渐渐明白，人脉的累积也是自己能力的一个展示，很多人脉主动靠拢过来的前提是，你本身就是条有价值的人脉。

四

越长大越发现，人脉越来越多，朋友越来越少。

有人因为我的工作跟我聊天，我错把寒暄当谈心，后来发现，你对对方畅所欲言，对方对你却有所保留，一开始就是有目的地接触你，想从你这获取某些资源或利益，并没有真的把你当朋友。聊天记录最会证明，两个人是怎样从一开始的无话不说到后来的无话可说。然后我认清了一个事实，我们只是彼此的人脉。

曾经，我觉得朋友是和我志趣相投的一类人，是可以用来麻烦也不嫌烦的。直到有一次，我找一个朋友帮我再联系一个人时，她对我说，我们是朋友，可是你能不能别每次找我都是要我帮忙？就不能喊我一起出去吃个饭或者看个电影……虽然她是半开玩笑半认真地说，但我却开始反思，从什么时候开始，我也开始把朋友当人脉了？

不要觉得人脉都可以成为朋友，否则你会犯交浅言深的错误，也不是每一个朋友都可以麻烦来作人脉，那样你的朋友会越来越少。

五

为了吸引更高价值的人成为自己的人脉，我们首先要提高自己的能力，毕竟，你有多牛，不是看你认识多牛的人。

有一句话叫多一些真诚，少一些套路。我们都害怕“我拿你当朋友，你把我当人脉”这样的关系，面对优秀的人脉，一开始的时候不如都拿真心来相处。

然后有一天，你会发现，你的人脉，不小心成了你的朋友。

# 读书是门槛最低的高贵

一

跟一个姐姐一起吃饭，她刷朋友圈时看到一篇文章：《读书，是门槛最低的高贵》，对我说："这篇文章写得真好，我收藏起来，回去让小雅也看看。"小雅是这个姐姐的孩子，正读初一，一直不爱读书。

这篇文章我之前看过，图文并茂，篇幅不算长。

犹太人爱书。以色列 14 岁以上的人平均每月读一本书。

以色列有图书馆 1000 所，平均 4500 人就有一个图书馆，仅 450 万人口的以色列就有 100 万人办有借书证。在人均拥有图书、出版社及读书量上，以色列居世界第一。

当孩子稍稍懂事时，几乎每一个母亲都会严肃地告诉他：书里藏着的是智慧，这要比钱或钻石贵重得多，而智慧是任何人都抢不走的。

犹太人是世界上唯一一个没有文盲的民族，就连犹太人的乞丐也是离不开书的。

严谨的国际阅读率比较研究显示，当下韩国国民人均阅读量约为每年 11 本，法国约为 8.4 本，日本在 8.4 ~ 8.5 本之间。

而中国 13 亿人口，扣除教科书，平均每人一年读书 1 本都不到。

在德国的大街上，腋下夹着一本书，目光祥和，举止优雅，慢悠悠行走的，既有白发老者，又有高挑美女，还有身着蓝色工装的技工。

德国的产品让世界服气，产品来自科技，科技来自读书。

读书是世界上门槛最低的高贵举动。

只要付出一个汉堡的钱，便可以得到一个作者在那段岁月所有的心思与时间。

所以，多看书，多读书。

我问这个姐姐："《太阳的后裔》这部剧剧终了，你看了吗？"

她没料到我会突然转个话题，稍愣后兴奋地说："当然看啦，我追完了全剧呢。"

我继续问："你一年大概看多少部电视剧？"

她想了想说："二三十部吧"

我笑着问："那你一年大概读多少本书？"

姐姐尴尬地说："估计一本都看不完，平时习惯了手机、电脑、平板……"

"你知道小雅最近也迷着宋仲基吗？"我问完最后一个问题后，姐姐突然红了脸。

有一个很出名的笑话，这个世上有三种笨鸟，第一种笨鸟不笨但自己不想飞，第二种笨鸟真的笨却在努力飞，第三种笨鸟不但笨还懒得飞，只能在窝里下个蛋，等蛋孵出来，让下一代使劲飞！

二

“中国13亿人口，扣除教科书，平均每人一年读书1本都不到。”这样的数据着实可怕，这篇文章也的确值得我们反思，可是作为中国人，在转发的同时，扪心自问，你一年又读过几本书呢？

如果你自己并没有读过几本书，却也跟风式地借着别人的文字去呼吁别人读书，难道不是第三种笨鸟吗？

“有书”创始人雷文涛在今年一月初的时候写过一篇文章：《2016，成为期待中的自己》，文章里有这么几段话：

在碎片化的时代，我们似乎没有整块的阅读时间；应试教育磨灭了很多人的阅读兴趣，更不用说养成良好的阅读习惯。

我们看到了中国人年均阅读量只有4.7本，但我们也看到很多人有强烈阅读愿望。把学习的愿望转变成具体的行动，所需要的可能就是一点点外力。我们期望能成为这个微小但关键的力量，这正是我们发起有书共读的初衷。

发起有书共读行动，不是因为我们迷信读书是万能的，而是缘于一个坚定的信念。我们坚信有书是一种生活状态，如果一个人还保持规律性的阅读，说明他还有学习的动力，还在有意识地提升自己，还有自我进化的可能。一个持续阅读的人，一定是不断向上提升的；一个普遍阅读的社会，一定会持续变得更好。

泰戈尔说“人是一个初生的孩子，他的力量就是成长的力量”，但很多人很早就失去了孩子般成长的力量。有书共读实质是一个相互给予力量的行动，是一个携手找回成长力量的行动。

算一下，每周共读一本书，一年也就能读完52本了。

一个人走得快，一群人走得远。很多事情，如果没有人引领，没有人陪伴，会事倍功半，甚至半途而废。阅读不是一个人的事，需要一群人去做，一群人之间互相鼓励、互相推动、互相支持，才能在阅读路上走得更远。

三

我是个喜欢读书的人，而且我发现，但凡我佩服的人，没有不爱读书的。虽然读书带给人的益处中，潜移默化的影响是最有力量的，但我依然想说说，读书带给我的看得见的收益有哪些。

就讲讲加入有书共读后，一起共读过书单里带给我收益很深的几本书吧。

读完《断舍离》，我把堆在自己身边但几乎几个月都没有碰过的东西全部扔掉了。在整理物品、选择物品的过程中，我似乎比从前更了解自己，心中的混沌也豁然开朗了。我明白，占有绝非拥有，扔得掉才能拥抱更多美好。

读《拆掉思维里的墙》这本书时，我正处在写作的瓶颈期，没有灵感，不知道写什么，经常就坐着发呆跟自己死磕，其实不过在浪费时间。后来我知道，其实根本不需要走进瓶子，不如换个角度，拆掉思维里的墙，然后才会发现一切并不难。

再提一本前两周读的《苏菲的世界》吧，这是第一本带我走进哲学世界的书，我原本以为哲学是一门不切实际的学问，但当我读完全书后才发现哲学其实是最贴近现实生活的。读完后，我深刻地体会到一个生存在世界上的人，如果连世界从何而来也不知道，也不曾去想，实在幼稚。

相比于看韩剧，我更愿意把时间花在有书共读。读书能让人知道什么是现实，而韩剧却会让人远离现实。至于关于“没时间读书”这样的说辞，我认为有没有时间，取决于你对一件事看得有多重。

当你的阅读量累积到一定程度时，你会恍然大悟，从前的忙忙碌碌不过庸庸碌碌。现在起，你可以跟我一样加入有书共读，突然有一天，也许你也会真正意识到读书能给自己带来什么，那时候的你一定也会选择挤时间了。

四

海明威在《真实的高贵》中说：“优于别人，并不高贵，真正的高贵应该是优于过去的自己。”

与高贵相反的词语并不是平庸，因为大多数的我们都过着平庸的生活，但这并不影响我们拥有高贵。

高贵不是要你着素衣棉麻，拥出尘之美，不是要你卷一帘风月，持半阕清词，也不是要你临青山绿水，赋凌云壮志。

读书，这就是门槛最低的高贵。

# 我不是小清新，也不装文艺

一

入秋后，晚风有点凉。

我属寒，很怕冷。

二

我一直都不害怕别离与破碎，只是很厌倦经营一段感情的长久与辛苦。

友情于我而言，是装有固定容量的水，一旦喝得太快，便会早早结束，我没有所谓耐性去细细品尝。

不如一开始便不要去喝，我也没有陷入渴死的境地。

人类是怎样从生理需求衍生出情感需求的，原来我们是依赖情感生活的物种，同恋人亲吻表达亲密，同朋友交谈互换信任，我们为隔阂痛苦，为背叛痛苦，为孤独痛苦，这些痛苦，远比爱更庞大。

每个人都会有悲天悯人的情绪，但我不悲悯自己孤独。

最懂你的人，并非能和你聊很多话的人，也许只是孤冷的长街，听你叹息一声就回头，给你一个懂得眼神的路人。

我们都有自己想去的方向，
有生活中从未忘记的执念。

三

有很多人对我说你要做个快乐的人，我说这很难。如果一个人总是很快乐，他该多悲伤。

世界喜剧大师卓别林，他在生活里患有忧郁症。华语笑星周星驰，生活里也是个沉郁的人。

我清楚自己的个性，对于遇到和自己个性相似的人，我没有欣喜，只有恐惧。

太多感情和喜恶不用交换，满溢的理解，如果我会遇见，我就会躲避。和这样的人交往，清淡之过，我害怕出现黏稠的感情。

我需要的是距离，不可触及的美感，望而止步的新奇。

《阿甘正传》里有这样一段经典台词："我不觉得人在心智成熟的过程中，会变得越来越宽容，变得什么都可以包容，什么都可以接受。相反，我觉得那是一个逐渐剔除的过程，知道最重要的是什么，慢慢剔除不重要的东西，然后做一个简单的人。"

四

很长一段时间我都在依赖网络上的人际关系存活，只是后知后觉地发现，最初因为文字之间的表达，情感相通，心心念念地以为可以做伯牙子期的人，到最后因为彼此在现实互不相通的圈子里的忙碌，渐行渐远，归于平淡，疏于交谈。

毕竟你不存在于我的平时的世界里，哪怕我们说过那么多美好的言语。

为此，我多次神伤，然后自我开解，我太过敏感犀利，只是，总还是要不得不明朗，包容和忽略。

不想失去不如不再打扰，聊得越欢越要保持距离。

书上说，交流是一件悲伤的事情。

这句话很对。因为它加速失去。

腹中有書
气自华
essentialism
精要主义

第 五 章

# 一只夜行动物的喃喃自语

你不能做我的诗，正如我不能做你的梦。

——胡适

# 病人寒寒

一

他戴上黑色的鸭舌帽，眉眼带笑，眼角纹皱起，将帽檐下按，阻挡视线。此时她抬头，眼睛里滴入一滴雨。低头时变成泪再流出来，吞进肚子里。她开始大喊他的名字，边喊边笑，像个孩子一样灿烂。他没转身，好像聋了听不见。她开始追他，但红灯亮起。他像水蒸气一样蒸发了。她突然平静下来，表情僵硬。

天空一下黑了，倾盆大雨。她张开嘴，并从口袋里找出一个白色药瓶，倒出几粒，就着雨水咽下。

二

她说她叫寒寒。

我遇到她时，正坐在小区的长椅上，一个人抽着“秘密花园”。这时看见了寒寒，正往我这里走来。

她穿着一字露肩红裙，白色细跟鞋，头发散着，看不清她的脸，感觉上像我小时候玩的芭比娃娃。她停在我身旁，略带轻佻地拍了我的肩。喂，给我一支烟吧。

我从烟盒里抽出最后一支烟。眯起眼睛直视她。

突兀的黑色眼线。清透而直接的眼神。右眼下有一颗泪痣。

这才发现她手里握着一罐黑啤，我站起来，一只手穿过她散乱的头发，搭在她的肩上，另一只手接过她递过来的酒，饮了大口。她的眼神里泛着挑衅的光，接着唇向我探来。还未入喉的酒便被她掳走。

三

她对我讲得最多的是她的世界一直被一个男人深深占据着。她说那个男人有着一双剑眉还有一双起了老茧的手，口腔里是经年不变的烟草味。我问她这个男人一直存在你的生活吗，她回答一直都在。但我从未见过这个男人。

十月份，我抱了一盆金盏菊去寒寒的住处。14 楼的单身公寓，门没有锁，我推门而入，被一片狼藉震撼到。碎了的凯蒂烟灰缸，发霉的面包片，脏了的咖啡杯横躺在地板上。寒寒蜷缩在沙发上。我将金盏菊放去阳台，在她身旁坐下。她开始脱衣服，我看到她身上被打得瘀青的肿痕与刀片划过的狰狞。我给自己点了一支烟，深吸了一口，吹在她没有表情的脸颊上。

“谁伤的你？”

“他。”

我站起身准备离开，她突然从背后抱住我，我挣脱了她，她像一个破碎的娃娃被我推倒在洒满烟蒂的地板上，这是我第一次见到寒寒的狼狈。

有一瞬间的意识，我觉得她是个心理病人。

四

此后我有一个月没有再见到寒寒。一个月后她联系了我，我们见面，她告诉我她去了拉萨，她原本白皙的皮肤已经因为高原的天气吹得发黄，我忍不住摸上去，干燥得像蛇皮。她给我看她拍的所有风景，给我讲一路遇到的人世美好。

她就像个天使，不染纤尘的纯净，我想我真的爱上了她。

我问她是一个人去的吗，因为除了她的自拍我没有看到她与谁的合影。她却笑着说，不，还有他。说完她扔掉手头的烟，突然拉着我的手，无比认真地对我说："跟我一起去死吧。"语气轻柔得像初见时对我说"给我一支烟吧"那般。我深深地吸了一口烟对她说："好。"

她笑了，却没有再说话。

五

立冬这天，我收到寒寒自杀的消息，我与她的母亲一起整理她的房间，我才知道寒寒的父母早已离婚。我在她手机里看到一个备注爱人的号码。拨过去却是空号。

她是用剃须刀片割腕而死的。

我和寒寒相识半年。彼此无关痛痒地来往着。我才发现我对她的生活竟一无所知。我对寒寒的母亲说起她的爱人，对方却是平静的叹息。

寒寒是个精神病患者。治疗很久却不得痊愈。世界上并没有那个爱人的存在。就连她最后的自杀都在她母亲的意料之中。

她母亲走后，我一个人在寒寒的空房间里坐了半天，抽了一盒她经常抽的"秘密花园"。

六

只有我知道寒寒不是自杀，就像她用来自杀的男士剃须刀，却没有人怀疑它为何存在。

我突然想起一个画面，关于我开头的描述。它是真实存在的。那个男人也是真实存在的。他就是我。

寒寒是一个病人，这个世界上正常的人都这么认为。我是这个世界不正常的人，我知道寒寒不是病人，她有一个秘密花园，有一个关于爱人的故事。

我摸着自己起茧的掌纹，看着镜子里那双剑眉，哑然失笑，想起那天晚上，我吻着寒寒熟睡的面庞，将剃须刀片划过她脉搏的情景。

我当然不会践行与她共亡的诺言。

# 红玫瑰与白玫瑰

## 一

我杀死了梦斓。

## 二

梦斓是我的妻子，是陪了我大半个青春的恋人，我爱她甚至超过自己。梦斓是个画家，我深深地迷恋着她安静作画的模样，宠辱不惊，不争不怒。能够给她一个安稳的家，一直是我觉得最幸福的事情。直到张敏的出现。

张敏的身上喷着浓郁的香水。诱人的曲线风情万种。从她坐在我对面，用脚蹭过我的下体时，我忠于梦斓的魂魄就被她勾走了。她即将是一家花店的老板，我是她花店装修的设计师。我们以工作为由频繁见面。张敏离过婚，长我几岁，单身。

## 三

每次与张敏欢愉之后，我都会想起梦斓。我无法控制自己的情感，却自以为可以在两个女人之间游刃有余地把控好关系。然纸难包火。一日在我穿好衣服，准备离开时，张敏将胸口紧贴我后背，揽住我腰身。“封寒，离开她，给我一个家。”

梦斓收拾好桌子上刚刚看的书，对躺在床上的我温柔地笑了。随后便钻进被子，枕在我胸膛：“封寒，你爱我吗？”“爱。”我没有丝毫犹豫地脱口而出。梦斓是我妻，我们相恋八年，风雨同舟，不离不弃。这一刻我想和张敏断绝关系。

## 四

我看着哭成泪人一样坐在地板上的梦斓，起身将她抱起，她哭得通红的眼眸像是在审视我的魔鬼。原来一开始梦斓就知道了。张敏曾吻在我衬衫背后的口红印迹是梦斓洗去的，我带着与张敏纠缠时留下的香水味怀抱梦斓。我还自欺欺人地以为梦斓不知，忽略着她受到的委屈。

## 五

我的梦斓一直在等我回头啊。“封寒，你爱我吗？”这是梦斓每晚躺在我怀里必问的话。

梦斓嘴角挂着一丝惨笑，人瘫坐在地上，手上不知何时握着一把刀：“封寒，我爱你，我真想和你一起去死。”我突然开始心慌，看着坐在地上的梦斓，凌乱的发丝包裹着那张白皙的面容，像来自地狱，冲动让我猛地上前用力推开梦斓。她握在手里的那把刀，在她的胸口，开出鲜红的花。

## 六

梦斓死后，封寒疯了，被送进精神病医院，因祸得福，因精神恍惚，未判死罪，却被剥夺了人身自由。张敏的花店开业了，店名叫红玫瑰与白玫瑰，生意很好。

封寒，此后，被称作寒疯子。

爱情可以妥协给道德，
却妥协不给时间，
它是一瞬间发生，
却用一辈子进行。

# 听，我在哭

一

我习惯了一个人走过小区那条黑暗的巷子。

今晚我前面走着一个高个子女人。

黑色丝袜，金属色铆钉背包，廉价包裹的背影。

我只喜欢那团海藻般的卷发，我想里面一定藏了性感的耳钉。

借着小巷转角昏黄的路灯，我用三秒钟看见她干涩的苍白嘴唇，烟熏妆。

擦肩而过时发现那团海藻里延伸着两根耳机线，与之气质不符。

零点一米的距离，我听见她耳麦流泻出的声音，重金属摇滚。

我没忍住回过头又看了她，摇摇晃晃，醉酒的姿态。

她穿着低胸 T 恤，胸前有刺青，是朵花，颓废得妖娆。

我才发现她是赤脚前行，八寸的高跟鞋拎在手里。

她身上有烟味，其实我也分不清这味道源于我还是她。

我快步向前，我感到孤独和恐惧。

打电话给杨帅，无人接听。

二

我身上只有 35 元，正好够买一包云烟的神秘花园。

我喜欢她精致的包装盒以及每支烟精致的烟嘴。

第一次抽它是杨帅买给我的，之后他没买过这包烟，因为烟草味太淡。

他并不爱它，他只是喜欢它的精致。

我花了三个小时在网上寻找陈旧的曲子，然后单曲循环了其中一首。

我买了罐装啤酒独自来饮，我喝不醉，因为没有人陪我共饮。

打电话给杨帅，无人接听。

三

租的房间里有矮柜，我把自己蜷在里面。

房间里没有开灯，我关上柜子的门，没有人同我说话。

我持续抽完所有的烟，头晕得有窒息的痛觉，眼睛很湿。

有一种游戏叫作躲猫猫，但现在我躲得很好，可是没人来找我。

打电话给杨帅，无人接听。

四

客厅里有我和杨帅一起养的博美，一个礼拜前我花 500 块将它从宠物店买回。

它是我们的女儿，它叫“Hanson”，中文名是“寒生”，取意源于我叫“寒”。

今天杨帅出门前对它说：“丫头，好好活着。”

那时候它艰难地想站起，却倒下了。

它断气的时候我们都不在它的旁边，此刻它一动不动。

原来今天是她的忌日。
我不敢抱起它，那是尸体。
打电话给杨帅，无人接听。

五

我知道杨帅这会儿还在赌博。
他不接我的电话，对他来说那是干扰。
我为他悲伤得很认真，他只当走马观花一出戏。
这世界没有谁能拯救谁，他现在需要的是钱，不是情。
人世间的一切都是善变的，包括许诺给永远的爱情。
只怨我，为一个赌徒，沦为了爱的信徒。

六

在这惨淡孤独的夜晚，我迷茫在变数的来路不明。
只怪我，混沌人间，习惯了踽踽独行。
我有人格分裂症。
白天和夜晚，你会看到两个不同的我。
现在的我，瑟瑟发抖的灵魂，如此真实。

# 不是所有的一往情深，都能终成眷属

一

爱情总是有遗憾，并不是每个人都能在对的时间遇到对的人，这世间，太多情深无法善终。

十年前，记者问梁朝伟：你最想停留在人生的哪段时间？梁朝伟说：38 岁。记者追问：38 岁发生了什么？梁朝伟沉默良久后说：在拍《花样年华》。

今年金马奖 50 周年的颁奖礼上，郎朗弹起《花样年华》，荧屏上出现张曼玉在这部电影里咬指宛笑的动作时，红了眼眶的梁朝伟不自觉地做出了跟银屏里的女子同样的动作。

《花样年华》里周慕云只有一张船票，从此和苏丽珍天各一方。现实里，曾经传言说过他最爱的女人是张曼玉的梁朝伟，如今却与妻子刘嘉玲相敬如宾。

1995 年，林夕与黄耀明去日本看 U2 的演唱会，后来，陈奕迅在《你的背包》里唱："1995 年，我们在机场的车站，你借我，我不想归还。”那次演唱会结束后相约二丁目见面，但林夕等了三个小时都没见到黄耀明，后来，杨千嬅在《再见二丁目》里唱：“原来过得很快乐，只我一人未发觉，如能忘掉渴望，岁月长衣裳薄”，那次在日本的旅馆，林夕和黄耀明在同一个套间同睡一张榻榻米，后来，王菲在《约定》里唱：“还记得当天旅馆的门牌，还记得笑着离开的神态。”

很多人说，没有林夕，就没有王菲，以及后来的杨千嬅和陈奕迅。有人问林夕，如果将他的创作比成一个饼，每个歌手占多少份，林夕把最大的三块留给了他们三人，当被问到怎么没有黄耀明时，林夕说，小明是这个饼的起源。

原来，天王天后所唱的，是同一场风花雪月，成就的也是同一场心甘心情愿，只是，纵使黄耀明公开性取向了，但他的男友，并不是林夕。

梅艳芳生前曾与赵文卓在一起过，但公布恋情后，因为当时两人名气悬殊太大赵文卓被质疑想借梅艳芳上位，那时候因为一些误会，赵文卓向梅艳芳提出分手，梅艳芳没有解释与挽留，与赵文卓分手后的梅艳芳没再谈过恋爱，却患了癌症。

在梅艳芳带病举行的最后一场演唱会上，看着舞台上瘦弱的梅艳芳，赵文卓说，他多么希望自己能够变成神医，如果可以，他愿意替她承受痛苦。在梅艳芳的葬礼上，赵文卓独坐一角，在他送给她的花篮上写着：此生至爱，一路好走！

梅艳芳生前曾说：“如果时光可以倒流，我一定会解释清楚导致分手的那场误会，如果当年那么做，那现在我已经是赵太太了。”相爱的人却不一定能在一起，就像梅艳芳曾在《似是故人来》里唱的：“但凡未得到，但凡是过去，总是最登对”。兜兜转转之后，才发现，不是所有的一往情深，都能终成眷属。

二

想起张嘉佳的《从你的全世界路过》里的一段话："故事的开头总是这样，适逢其会，猝不及防。故事的结局总是这样，花开两朵，天各一方。"

在这本书里，我特别心疼茅十八与荔枝的爱情，对于荔枝来说，茅十八只是从她的世界路过，但对茅十八来说，茄枝就是他世界的全部，他能够因为荔枝的一句话，费尽心思地将古板的导航仪改造得生动有趣。

一直以来，茅十八都觉得他是可以与荔枝天长地久的，他将自己对荔枝的爱意注入于导航仪中，可惜最后，荔枝和茅十八分手了，导航仪到了作者手中，多年后作者偶然回到稻城，才听到藏在导航仪中茅十八对荔枝的告白。

"……因为是最蓝的天，所以你是天使，你降临到我的世界，用喜怒哀乐代替四季，微笑就是白昼，哭泣就是黑夜……"

荔枝终究没有听到这么多情话，在荔枝面前，茅十八话并不多，当初茅十八向荔枝求婚时，也只说了一句简单的话："荔枝，你可以嫁给我吗？"

三

情不知所起，一往情深。很多感情都是不知道什么原因就爱上了，陷进去后无法自拔。

也许，后来发现曾经心有灵犀的彼此突然三观不合，无法理解对方的举止，然后吵架，甚至动手，最终不欢而散；也许，后来谁先遇到了更适合谈婚论嫁的人，不管是趋于自己对现世的妥协还是外界的压力，从此天各一方；也许后来曾经一起陪伴彼此走过漫长岁月的两个人突然有一天发现，原来生活不仅需要爱情，还要面包和很多很多，于是分道扬镳。

相爱不需要理由，但曾经风风雨雨都走过，荆棘沼泽都携手前行的两个人，最后却因为一个分开的理由，而真的分开了。

可是，谁能说，这不是真爱呢？

四

《东邪西毒》里说："不久前，我遇上一个人，送给我一坛酒，她说那叫'醉生梦死'，喝了之后，可以叫你忘掉以前做过的任何事。我很奇怪，为什么会有这样的酒。她说人最大的烦恼，就是记性太好，如果什么都可以忘掉，以后的每一天将会是一个新的开始，那你说这有多开心。"

可是，在我们这短暂的一生中，最难忘的回忆也因为记性太好，那种一辈子都不会再经历第二次的快乐，是那段或明或暗的记忆里，与曾经深爱的人一起将陪伴书写成最长情的告白的美好岁月。只是最后，随着分开时的痛楚，一起刻骨铭心。

《从你的全世界路过》里的茅十八在与荔枝分手后选择离开这座曾与她在一起生活的城市，准备回老家的他对作者说："家里在新城商业街替我租个铺子，我回去卖手机。卖手机挺好的，万一碰到个年轻貌美的姑娘，成就一段姻缘，棒棒的。"

我特别心疼这样的茅十八，当你在告别深爱的人时，你心中所寻求的归宿，真的是这一生最好的安排吗？还是最无奈的妥协？

书中关于茅十八的故事简短带着遗憾，戛然而止了很多未完待续的悬念，后来的茅十八真的择一城而安好，与荔枝再也没有见过面吗？希望在不久后上映的电影《从你的全世界路过》中，饰演茅十八的杨洋能够在生动地诠释角色的同时，填补很多读者在书中关于茅十八遐想的空白。

### 五

两个人相爱的时候，我们都以为这样的朝朝暮暮便是天长地久，直到分开时，我们会消沉，会失落，会不习惯没有那个人在身边很久很久……可是又在很久后，依然会去拥有新的生活，然后突然想起那个人，才发现，也许，爱情与幸福无关。

就像张嘉佳在《从你的全世界路过》里写的：如果你不往前走，就会被沙子掩埋。所以我们泪流满面，步步回头，可是只能往前走。哪怕往前走，是和你擦肩而过。我从你们的世界路过，可你们也只是从对方的世界路过。

人擅长自欺欺人，去让自己好过一点，我们都曾经以为可以相忘于江湖，却在分开很久发现，怎么忘。

# 别熬夜了，没人心疼你

一

前两天遇到一个大学同学，那时候她是我们系的系花，好久没见我差点没认出来，那个曾经青春活泼一脸胶原蛋白的美少女脸色憔悴，眼袋明显，仿佛老了十岁，寒暄几句知道她毕业之后去了广告公司做策划，通宵熬夜是家常便饭。

突然让我想起了今年已经好几个媒体圈的人倒下了，不是癌症就是猝死，告别之后背后惊出一身冷汗。

前几天因为胸闷难受去医院检查，其实我是一个特别害怕去医院的人，所以去医院之前已经胡思乱想了好几个晚上，万一真不行了，想想还有没有什么遗憾，还好医生说我暂时死不了，典型城市病：

典型玻璃胃（暴饮暴食，爱吃夜宵，再坚强的肠胃也受不了）；

屏幕脸（每天面对着屏幕，长此以往皮肤粗糙，脸色发白）；

老头腰（活动范围越来越小，坐着的时间越来越多，椎间盘终于不堪重负）；

外加经常熬夜导致的心律不齐。

当梦抵达的时候，若阳光正好，

便扶手听风吹得暖软。

一出门隐约听到医生在感慨：人长得这么好看，怎么身体这么差。

一回家强制自己睡觉，但是睡前还是刷了一会朋友圈，凌晨一点，朋友圈里灯红酒绿，一张张好看的脸在昏暗的灯光下显得异常艳丽，但其实，只有卸了妆才发现脸不会骗人，只有自己骗自己。

我想起我很喜欢的明星蔡依林，18岁才开始接触舞蹈的她一直都很努力，经常熬夜练舞，2008年，28岁的蔡依林被记者拍到过皮肤暗黄大爆痘的状态。当时蔡依林的经纪人解释是皮肤过敏的原因，但蔡依林在节目中说，每天太忙熬夜工作也是状况变差的原因。

有句话叫女人只有到了三十岁才知道自己好不好看。二十岁的你一脸胶原蛋白，把熬夜当成习惯，把玩乐、忙与累当作习惯的一种状态，但十年的习惯最后都会在你的脸上展示。

一个很有名的算命先生曾经跟我说过，看一个女孩的运势，只要了解一下她的价值观和生活习惯就可以了，五年、十年之后会变成什么样都可以看得出来，有些人二十岁的时候普普通通，却在时光里熠熠生辉，有些人仗着自己天赋美丽，却被岁月折断了枝头，花落满地。

二

我们是什么时候开始把忙挂在嘴边的？

有时候，每次撑着沉重的眼皮，揉着酸痛的肩膀，虽然疲惫不堪，但内心的一个角落却滋生了奇怪的自满和安心慰藉：你看，我又熬到了这么晚，我是这么努力。现在对我来说，那段时光看似是努力工作，但其实是既真实又虚幻的自我满足与自我感动，明明低效，却可以感到虚无的充实。

借用于宙在演讲《我们这一代人的困惑》中的一段话：

“这些年我一直提醒自己一件事情，千万不要自己感动自己。

大部分人看似努力，不过是愚蠢导致的。人难免天生有自怜的情绪，唯有时刻保持清醒，才能看清真正的价值在哪里。”

其实，和大部分人一样，我所谓的忙和累是因为懒。

懒得去学去积累，遇到问题时手忙脚乱。

我曾经和一位主播姑娘合租过，那时候她每晚都会录音自己做后期，我虽然有兴趣但懒得去学，后来负责公司的微信号推送，有一次深夜，发现文章被标原创需要更换，但没有录好的文章，当时凌晨两点，大家都睡了，联系不上主播的我急得很想自己上阵但无奈什么都不会，直到早上五点，熬了一宿的我终于结束了焦躁的状态，联系上一位可以帮忙录音的主播。

也许，这就是佛教中经常提到的“渐悟顿觉”，只有平时一点一滴的积累学习，才会从容地应对生活的难题。

懒得行动，在拖延中昏昏度日。

儒家经典《大学》中有句话叫“苟日新、日日新、又日新”，也就是当天的事情当天就要做完，不要明日复明日地拖延。很多时候尤其月末熬夜在做的工作，都是月初时布置的，月初空闲时总想着离月底还早，先放放不着急，直到月末临近，手头的工作一大堆，忙得不亦乐乎。

有时候，人最大的敌人不是别人，而是自己安排的时间。

懒得为自己制订目标和计划。

记得快要高考时，大多数人每天熬夜做题到深夜，但我的学霸同桌从来都是每晚早早睡觉，第二天精神倍儿好，最后还如愿考入了自己计划的名校。后来毕业典礼上，他说，他给自己制订了学习计划，每天该看哪科的课本，做一些什么类型的题都要按制订的计划执行，在高中三年这些计划基本没有打过折扣。

我们为什么那么忙？真的应该好好思考，没有计划和目标就会永远与忙碌如影相随。

从来没有绝对意义上的忙，熬夜也只是图个心理安慰，真正让我们身心疲惫的原因是你懒得去管那么懒的自己。可是，连你自己都不管自己，谁又真的会来心疼你呢？

## 三

之前网上看到一句话，别熬夜了，没人心疼你。是啊，就好像如果你自己都舍不得给自己买个包，还指望别人来给你买吗？如果你习惯了喝二锅头，还指望别人会送你高档的红酒吗？

有一次在咖啡店呆得很晚，舍友来电话催促我早点回去，怕下暴雨，我正玩得起劲也没当回事，结果出来后到了门口，发现果然在下暴雨，还打不到车，手机也没电了，自嘲真是报应，自己都管不住自己，还能指望谁来管。

著名诗人雨果说过："知道在适当的时候自动管制自己的人，就是聪明人。"

二十几岁的时候谈过几次恋爱，遇到过几个人渣，总是安慰自己会有更好的，总是骗自己还年轻，再玩几年，可是你自己都没办法爱你自己，别人怎么知道如何来爱你。

亲爱的，别熬夜，没人心疼我们。

没有人跟我们说晚安不重要，我倒是希望有人跟我们说早安，人这一生都是在跟自己对抗，如果你不学会心疼自己，怎么能遇到更好的人？

别睡得太晚，别爱得太满，没人心疼你，管住自己，才能心疼自己。

# 多少黑名单，曾互道晚安

## 一

讲一个故事。

有一天，羊一个人在山坡上玩，突然来了一只狼，羊用角拼死抵抗的同时，大声向朋友们求救，它知道，它的朋友牛、马、驴、猪、兔子都在周围。

但听到羊呼救的朋友们知道是狼来了，都立刻撒腿跑了。只有山下的狗听到声音后奔上坡来，咬住了狼的脖子，狼疼得直叫唤，趁狗换气时，仓皇逃走了。

羊那天睡觉前发了一条朋友圈：感谢汪仔，不然今天就落入狼口了。

牛给羊发消息：晚安，早点睡吧。你当时应该告诉我的，我的角可以剜出狼的肠子。

马给羊发消息：晚安，早点睡吧。你当时应该告诉我的，我的蹄子能踢碎狼的脑袋。

驴给羊发消息：晚安，早点睡吧。你当时应该告诉我的，我一声吼叫，可以吓破狼的胆。

猪给羊发消息：晚安，早点睡吧。你当时应该告诉我的，我用嘴一拱，能让它摔下山去。

兔子给羊发消息：晚安，早点睡吧。你当时应该告诉我的，我跑得快，可以传信呀。

羊一一回复了晚安，然后一一拉黑了。

《亲爱的安德烈》里，龙应台对儿子说：“人生，其实像一条从宽阔的平原走进森林的路。在平原上同伴可以结伙而行，欢乐地前推后挤、相濡以沫；一旦进入森林，草丛和荆棘挡路，情形就变了，各人专心走各人的路，寻找各人的方向。”

于是，很多人，就这么走着走着便散了。

## 二

张爱玲与炎樱就读香港大学时，曾经好到被人揶揄是同性恋。少女时代的她们，形影不离，谈天说地。张爱玲的书中插画摄影，多由炎樱创作与拍摄。张爱玲与胡兰成共结连理时，证婚人也是炎樱。

后来，随着年岁渐长，她们的感情逐渐疏离，张爱玲在美国孤独终老，炎樱在日本恋恋红尘。

炎樱曾写信给张爱玲：为什么莫名其妙不再理我？张爱玲回信道：我不喜欢你总是和我聊从前的往事，好像我是个死人一样。

丁玲与沈从文皆为文坛巨匠，同为湘西老乡的他们年轻时感情深厚。在上海时，丁玲与丈夫胡也频以及沈从文住在一个公寓，被小报炒作为“三角恋爱”，还说三人“大被同眠”。

后来，为了将丁玲的孩子送回老家，沈从文与丁玲还曾假扮夫妻，为帮助丁玲，沈从文也丢过武汉大学的工作。

在 1980 年 3 月的《诗刊》上，丁玲发表《也频与革命》以此纪念丈夫胡也频。意外的是，文中却怒斥了沈从文40多年前创作的《记丁玲》，称此书“胡言乱语”，并说作者“无知、无情”，是“贪生怕死的胆小鬼，斤斤计较个人得失的市侩”。

对此，沈从文未做回应，但在给好友徐迟的信中称：真像过去鲁迅所说“冷不防从背后杀来一刀”，狠得可怕。

三

其实不仅是名人，芸芸众生，多少朋友就这么突然之间分道扬镳了？

初中毕业时，舍友跟我说，不管时间隔多久，我们都要永远保持联系。那时候，我们每晚头靠头等熄了灯说着悄悄话，枕着彼此的心事互道晚安。可是后来，当年的人便杳无音讯了。

前些日子，不知道通过什么途径，这个隔了这么多年舍友加了我微信，原以为的寒暄只是一句“我现在做微商代购，多多支持哦”，不知道回什么内容的我默默将其拉黑了。

欲买桂花同载酒，终不似，少年游。不怪当年的友谊不真挚，只怪年轻太浅薄，天真岁月，太容易将求学途上的百日同窗当作人生至交。直到后来，面对不一样的生活，遇到不一样的人，不在一个圈子的我们越走越远。

故友不在，看似残酷，却蕴含人生哲理：天下无不散之宴席。如今，看似热闹的社交网络中，那些与你互道晚安为你点赞的朋友，或许有一天，无话不说的你们突然无话可说，然后你发现，原来你们价值观一直不同，只是刚开始认识不深，都会迁就彼此，而现在，他却列入了你的黑名单。

## 四

还记得吴亦凡与小 G 娜的那场曝光事件吗？

其实那些曝光的信息都表现了吴亦凡是认真地在谈恋爱，并不是所谓的露水情缘、一晌贪欢，只是碍于身份不能公开，但这件事因为小 G 娜放出证据的步步为营，从单纯的恋人分手上升到令人心寒的信任危机。小 G 娜为了上位，录音、偷拍、截图这些行为，明显是筹谋已久的动机不纯。

在曝光的微信截图里，吴亦凡从一开始对小 G 娜的情话到后来的警告，两个人的关系演变成这样，确实让人感叹。

很多年前，歌手陈升提前一年预售了自己演唱会的门票，仅限情侣购买。一人的价格可以获得两个座位，恋人双方各自保留自己的那张券，一年后，两张券合在一起才能奏效。

我们肯定会一辈子在一起，一年算什么呢。很快，门票被销售一空。然而第二年，那些情侣席位空出了许多。很多时候，说好的一辈子，其实抵不过 365 个日子。

我们曾深爱，想到就心酸，分开之后，多少人习惯了把彼此拉黑，从此老死不相往来。也许是顾忌现在身边的人，也许是自己对那段回忆的逃避，也许是爱与恨一直矛盾着不敢轻易释怀……

多少鱼死网破，也曾鱼水之欢？多少黑名单，曾互道晚安？现在陪在你身边的人，你敢保证会是永远呢？

## 五

向之所欣，俯仰之间，已为陈迹，犹不能不以之兴怀。

《山河故人》里说，每个人只能陪你走一段路，迟早是要分开的。

不管分开的理由是什么，形同陌路的我们，也曾是彼此的特别关注，老死不相往来的我们，也曾刻骨铭心地存在过。

我想和你，在小城慢慢变老。

# 第六章

# 陪你度过漫长岁月

我的生命不过是温柔的疯狂，
眼里一片海，我却不肯蓝。

——兰波

# 留人间多少爱，迎浮生千重变

晚上和朋友逛街，在巷子口遇到卖艾蒿的，便买了一束，拿在手里，记忆随着隐隐艾香，悠悠飘荡。

一

我从来没有见过我外公，他在我母亲七岁时去世了，外婆一手带大四个女儿，没舍得把她们都嫁出去，三姨父是招进门的女婿，外婆跟三姨一家人住在一起。

小时候我很喜欢母亲把我送去外婆家，都说小孩子喜欢跟着大孩子玩，那时候我就是三姨的儿子鹏哥的跟屁虫，他比我大五岁。

那时候过端午的前一晚，外婆会淘米，洗粽叶，泡红枣，包粽子的时候我是帮不上忙的。在旁边转悠时，会偷偷地拿一个红枣塞在嘴里，被鹏哥发现，他就会告诉外婆我在偷吃，但外婆每次宠溺地笑着不说什么。

鹏哥可以跟着外婆学包粽子，拣三四个完好的粽叶，铺放在左手，卷成漏斗状，右手捞一把米，放几颗红枣，几经折叠，包裹、捆扎，就可以了。而我则只能安静地等着、看着，等一个个有棱有角碧绿的粽子包好了，我也就有事情可干了，我会一个一个整齐地摆放在锅里。

外婆会给我们讲白娘子和许仙的故事。白蛇与许仙是一对相爱的夫妇，但是法海和尚却告诉许仙他的妻子其实是一条毒蛇，并告诉他一个知道真相的办法，于是端午节当天，许仙给妻子准备了一杯雄黄酒，为了爱情，白蛇决然地喝下了这杯毒酒，酒后现出原形，许仙当场被吓晕。

那时候真的太小，不懂世间情爱，电视上热播的是92年版的《新白娘子传奇》，每次我都要对着电视嚷着问外婆谁是白娘子谁是法海，每次在旁边的鹏哥都会鄙视我“你烦不烦”，然后我就跑到他面前，大声叫一句：“哼，你就是那个大坏蛋法海老头！”

## 二

那时候有灶台，外婆会一边添火，一边说：“粽子得小火慢慢煮，明早起床就可以吃到啦。”然后牵着我的手到洗漱间，拿盆子兑好冷热水，放好毛巾。

我小时候任性，甚至经常无理取闹，觉得那脚盆里面水脏的，不想洗。外婆说：“傻孩子，不脏啊。”但我固执地摇摇头，站在那里不动，外婆无奈地给我换了一盆水后，我还是觉得盆底是脏的。外婆过来抱抱我，哄着我说：“盆底那黑的不是脏的，乖，快洗了上床睡觉。”但我就是死死拽着裤子不脱。

鹏哥听闻声音赶过来，把我抱起往他背上一扔，我吓得眼泪直掉，外婆也赶紧喊着让鹏哥放开，但我就被他扛在肩头走到屋子里，他很凶地对我吼：“你别洗了，脏丫头，睡吧！”

因为一句“脏丫头”，我哭得更凶了，知道外婆也从不骂鹏哥，我就用尽力气喊："三姨爸，三姨妈，鹏哥欺负我！"声音歇斯底里，简直痛不欲生。

三姨父直接过来揪住鹏哥的耳朵，说："你欺负妹妹干什么！"

还没等鹏哥说话，我就叫起来："他不让我洗屁股！"

外婆走过来，牵着我说："丫头，快去洗！"

看着不跟三姨父解释而在对我翻白眼的鹏哥，我看了竟有点害怕，脱口而出一个字："好！"

等到第二天天亮了，嘴馋的我闻着飘香的粽味下床，还没洗漱，就打开锅盖，抓起一个，黏黏的，甜甜的，直到身后响起鹏哥那句"脏丫头，你还没刷牙……"我脚底抹油般赶紧跑开。

三

长大之后，不像小时候一样经常待在外婆身边，母亲跟我讲，她也是听着外婆讲许仙和白娘子的故事长大，外婆跟她们讲过："端午节是一定要躲到娘家来的，可怜白娘子没有娘家可以去啊。"所以母亲每次端午节都会带我去见外婆。

外婆每年都会包粽子，会提前好多天买糯米，只是她已不再用槲树的叶子包粽子了，而是亲自跑到几里开外的一个树林里去采粽叶，这种叶子的叶片是长条形的，一个粽子需要三片叶子才能完成，包起来很麻烦，先用两片叶子折成一个三角形，将米装进去，还再插一片叶子，将它围拢，然后才能做出一个整齐漂亮的粽子。

后来喜欢上读《红楼梦》，看到贾府过端午，"蒲艾簪门，虎符系臂"，到午间，"王夫人治了酒席，请薛家母女等过节"，越发觉得黛玉身世凄凉，娘家没人头上没帐篷，也更能理解为什么每次母亲都要在端午时带我去见外婆。

我时常怀念从前的日子，也经常在梦里想起一个场景，当年短

爱能让我们的心容纳下另一个人，
让我们化身为另一个自我，
从而更加柔软与知足。

发的我坐在小凳子上，旁边是已经去世的外婆，穿着单色条纹的夏褂，藏青色长裤，手里摇着蒲扇，头上的白发梳得整整齐齐，戴着刚洗好的假牙，对我浅笑盈盈。

外婆说："丫头，你以后要留长发，那样子好看，然后你就嫁人咯，就不记得外婆咯。"

## 四

外婆去世那年，我上大一。

外婆去世后我才知道消息，外婆年纪大了，耳背，也无法利索地帮忙做家务，便遭三姨父嫌弃，三姨妈什么都听三姨父的，于是跟着一起欺负外婆。吃饭时不让外婆在桌上一起吃，不肯外婆进入他们的房间，仗着外婆听不见便时常恶语相待，外婆每次都凭借着他们的表情揣测言语。

外婆一直是个心高气傲的人，为外公守了半辈子的寡，最后因三姨父与三姨的欺辱相逼，选择自缢而亡。去世前几天，母亲一个人上门想带外婆来我们家住，却遭三姨与三姨父拳脚相待。

母亲常常自责地哭着："我是妈最小的孩子，大概是看到了我那天也受到欺负，妈才动了轻生的念头。"

三年前，在外婆的冰棺外，我像一个疯子流着泪揪着三姨的头发，大姨二姨都来拉劝，我就是不松开："为什么要打我妈妈，为什么要逼死外婆，你还是不是……"

母亲让我通知在外地的父亲回来参加葬礼。我打通电话，咬着牙说："回来后你如果不整死三姨父，你就不是我爸。"

## 五

我经常做梦，梦到从前，梦到一年冬天下大雪，我穿着红色的皮靴，穿成一个肉圆子样跟在鹏哥后面跑，陷在雪里出不来，鹏哥转过来，厌烦地把我拔出来，皱着眉头帮我脱鞋倒掉里面的雪。

我妈的表弟也就是舅舅，他跟舅母都是老师，当年三年级的暑假我跟当时上初中的鹏哥一起住他们家补课，跟舅母一起睡的我总爱跑到鹏哥的房间来，学着他脱了衣服赤着上身躺在草席上睡觉。

相比大姨二姨家的哥哥，我一直跟三姨的儿子鹏哥最亲，我从小都爱跟在他后面玩，记得每次母亲来带我回家时，他都别扭地留我："你别走，走了我就找不到理由玩游戏机了。"

鹏哥出来上高中时，我家离学校近，每周六母亲都会忙一桌子菜带他来家里吃饭。一年 53 个星期，坚持了三年。

外婆去世时，在外工作的鹏哥赶回来，他从小被外婆带大，算外婆的"孙子"。听母亲说，他后来为了维护三姨，对母亲爆了恶劣的粗口，寒了母亲的心。

听说，外婆去世没几个月，他就结了婚，结婚的时候没有通知我们。后年，生了女孩。但我们没有再见一面。

## 六

如今外婆去世了，再也吃不到外婆做的粽子了，每年的端午节总觉得会少了点什么。

外婆生前最喜欢看《新白娘子传奇》，端午节是白娘子一生中第一个"劫"。她痛饮了掺入雄黄的酒，心，毕竟是欢天喜地的，然后凭栏望去，熙攘的人群映入眼底，嬉笑着，追逐着，繁华的犹如一幅美极的画卷。

《一代宗师》中由章子怡饰演的宫二，说给叶问的一句话："人的一生，三个境界，见自己，见天地，见众生。武练到这个份上，我看见了自己，也算见过天地，但我看不到众生，我希望，你可以看到。”

相信，后来雷峰塔下的白娘子，早已看得透彻，没了怨，没了执念，更没有悔恨，只余下“留人间多少爱，迎浮生千重变”的潇洒与释然。

《红楼梦》里有一个情节，是过端午节时，黛玉跟宝玉闹了一次大别扭，搞得宝玉要摔通灵宝玉，其实黛玉的使性子，是跟白素贞喝雄黄酒一样，仗的全是自己，而最终，倒也都试出了对方的真心。而我的外婆，又何尝不是呢？

## 七

这些年我似乎每天都做梦，经常梦到我坐车，一会儿是客车，一会儿是火车，我在梦里不知道自己要去哪里，好像是回家，又好像是去远方。车上的旅客都是熟悉的面容，他们在沿途下车，跟我再见。

这是一个冗长的梦，从我只是一个孩子，到我以为自己已经长大不再是个孩子，到我在来来往往的世界里穿梭后恍然自己不过还依旧是个孩子。等我明白，自己真的不是一个孩子了，不需要张牙舞爪的伪装，不必有何去何从的茫然，知道怎么与世界相处，也许最好的时刻才刚刚到来。等我明白，所有不愿再去记起的过往，都不过如同飞鸿踏雪泥，推进着我成长，让我前行。

人情世故，物是人非，不只是过往，人生这一条路，最重要的是向前看。远方才是归宿。一梦十年，恍若隔世，当梦抵达的时候，若阳光正好，便扶手听风吹得暖软。

# 聚散皆有时

2015 年，手机里三分之一的内存都是照片。行走，并记录，这是生活。这一年，接受相聚与离别，却开始谨慎按下删除键，很怕一不小心，一同看过风景的那些人就随删去的景色一样，变为再无从找寻的记忆。

最不擅长之事便是分别，离开，远去，却不知归期，那是五脏六腑都跟着疼的事情。这一年，分别是一场练习，从最初时哭得歇斯底里，到最后一句带着微笑的再见，我终于能在提及分别的人事时，学会像大人一样不动声色，不再要求拥抱。

我非常喜欢亦舒写的《流金岁月》。我喜欢南孙，感动她在经历爱情的幻灭，家族的衰退后，越来越坚强，渐渐放弃哭泣而站立起来。在这个变幻无常的世界里，我们都曾天真无邪过，肝胆相照过，锱铢必较过，最后，无动于衷了，也握手言和了。

听朴树的那首歌："我曾经跨过山和大海，也穿过人山人海，我曾经拥有着的一切，转眼都飘散如烟，我曾经失落失望失掉所有方向，直到看见平凡才是唯一的答案。"我们终将学会甘之若素，带着平凡游走人间，从繁华到边缘，或者荒凉。

我记得一个人去山顶看落日，同陌生人一起欢呼，下山时，有人跌倒滚落，满身伤痕，高处的风景伴随着致命的危险。我也曾去过远方的海，淋过他乡的雨，去到朋友的身边看一轮共同的月，再一个人离开沉默着分别。

现在的我知道，转身后，苦痛大过快乐，计较胜过理解，分离多过陪伴，所有的一切都像顽石沉在心中，却都在下山的时候，随着那些脚边不经意踢到的碎石一样，跌入深渊，不见回声。

我感性，但也未丢失理性。我时常回忆，但拒绝回头。我只希望记忆里还存留着一些圆满的人生风景。你那么与众不同，因为你涉世未深。如今面对阻难可以坦然无畏，对待生老病死甚至生离死别也可寡淡，人间聚散皆有时，不求永恒。

但心怀感恩，虽不易却值得知足。在彷徨的日子里，还有人陪伴，也有人穿过万水千山踏着夜色来看望。也当感激每一个活在烟火里的平常，欢笑盖过情绪。更当感谢自己，好姑娘，你是勇敢的，唯有告别才能前行，知世故而不世故方得善良。

铭记所有可以嬉笑无常的机会，和心怀慈悲与感恩的瞬间。这些词眼都是生命里值得珍藏的宝贝。愿远方的自己足够美好，可以配得上曾经承受过的所有苦痛与悲伤，也受得起名副其实的赞美与关爱。纵然离散无常，仍期待，你我相聚。

# 我想你，但不会闹着要见你

一

小鱼约我吃饭，席间，当我以一分钟一次的频率处理着手机上的消息时，小鱼一个人享受着餐桌上的美食，手机一直搁在桌角没看。想到最近大家常调侃的那句“有空一起出来玩手机啊”，我突然感觉有点不好意思。

“小鱼……你都不看手机消息吗？”

“大忙人，我可不像你有那么多消息要处理。就算有消息，也没那么十万火急，吃完饭再看都没关系。”

“你现在不是谈了恋爱么？你和你男友都不聊天吗？”

之所以这么问，是因为以前和小鱼聚在一起时，她有部分时间肯定是用来和男友通着电话或者发着消息的。

“聊啊，但不会一直聊着。”小鱼突然笑起来，“亲爱的，你放心，我没有对这段感情心不在焉，相反的，我很认真地对待着现在这份感情。”

二

小鱼之前有过一段三年的恋情，在最美好的大学时光。

小鱼和他前男友互相依赖且互相占有，两个人之间说得最多的话大概就是这些了：

“你在忙什么，干吗不接我电话？”

“我都说我想你了你怎么不来找我？”

“你竟然敢不回我消息？”

“你到底爱不爱我？”

……

不成熟的恋爱里，总有缺乏安全感的说辞，然后用情感来捆绑对方的时间与空间，只有你在身边，我才拥有全世界。

矫情做作是恋爱的通病，病入膏肓时，它会猜忌彼此的真心。

终于有一天，彼此都忍无可忍，误解、争吵……也许还会经历一段相爱相杀又难舍难分的阶段，但免不了最后的分道扬镳。

三

小鱼现在的男友比她大七岁，小鱼喊他叔。

小鱼说：“我和叔每天都有自己的工作要忙，我们每天都有联系，但不天天见面。叔平时很多应酬，但只要他想起我，主动联系我，我就在，有时候我也会主动联系叔，我们之间这种很自在的状态让我珍惜每一次和叔的见面。”

小鱼还说：“很多时候我都在克制着自己内心想要表达的情感，我不去在乎这七年里有多少人站在过叔的身边，我也不去管叔的心里有没有藏着哪个故人，我不去瞎想，也不去跟叔瞎问。现在的我只想努力把自己变得更好一点，让自己更有资格站在叔的身边。”

小鱼说这些话的时候，我能感觉出她对这位叔浓厚又不黏稠的爱意。我不知道说什么，只是突然想起了韩寒的电影《后会无期》里的一句台词：喜欢就放肆，爱才是克制。现在的小鱼，也许是遇到爱了吧。

四

很多人不能理解“爱才是克制”这个观念，我来讲讲之前看过的一个小故事吧。

在一个大冬天，有一个男子在一家火锅店前快步地走来走去，边走边抖着大衣，像是要把身上的热气全部抖出来一样。火锅店里的店员看不下去了，跑出来问他大冷天的在干吗，难不成是独特的锻炼身体的方法？

男子很不好意思地回答，他是嗜辣如命的人，可是老婆不能吃辣，一吃就过敏，连闻到浑身都会起疹子，他就只好偶尔跟几个哥们儿出来偷偷打牙祭，刚刚那么做是想把身上的味道都散尽，以免回家时老婆闻到。

店员很不解：“你这么能吃辣，却找了个不能吃辣的人过一辈子，不是要痛苦死吗？”

可是男子回答：“因为我爱她啊，别说她对辣过敏，就算对盐过敏，对水过敏，对空气过敏……那都不是事儿！只要不对我过敏就行。”

当时读完这个故事时，我沉默并思考了很久。我们总是觉得爱就是要表达心中的想法，可是克制而不说出的爱，其实更加难得可贵呀。

很多人都在追《太阳的后裔》这部剧。剧中男二徐大荣的隐忍与女二尹明珠的坚持，他们之间那种克制的爱，真的触动了太多人的心。

剧中有一个桥段，是在地震后，两人在乌鲁克重逢，尹明珠跑向徐大荣。

他对她说“幸亏你没事，非常担心你”。

她对他说“别受伤，这是命令，一定要保护好自己”。

然后互敬军礼，开始了各自的救灾任务。

后来在一次聊天中，尹明珠问：“如果我有事怎么办？”

徐大荣说：“那我会后悔，那些用来逃避你的日子。”

说完两个人抱在一起，没再说一句多余煽情的表白。但就是这样一个拥抱，却可以感受出他们毫无保留又笨拙地爱着并守护着对方。

五

当你明明知道对方这会儿正在烦心着明天活动的策划案或者会议时需要讨论的内容时，你会依然要求和对方煲一碗长长的电话粥吗？

“想那么多干什么呢，爱我才是最重要的大事呀！”

“有我陪你呢，我们来聊聊其他有意思的事情吧！”

可是对方这会儿就是很心烦，你感觉到他态度不是很好，尽管你自认为自己在努力安抚他，可你察觉出他在敷衍你，于是你开始心生怨气。

“你到底把我当什么？我这么关心你，你却不耐烦！”

“你烦你可以跟我讲啊，你是不是根本就不爱我！”

你以为你这是爱，其实这是狭隘的喜欢。

如果你爱他，你会懂得他的心情，并克制住你此刻的感受，你只需要对他说四个字：“早点休息”，就很温暖。

## 六

我们都要在爱情里学会理解与换位思考，学会克制住很多不恰当的表达，学会不控制彼此并信任彼此，营造最自在的相处方式。

清代大词家朱彝尊写过这样的词：共眠一舸听秋雨，小簟轻衾各自寒。词中描述的便是与他深爱着但囿于现实而不能表达的女子，两人各眠一处却不在身边，天寒不能入睡，设想对方也还没有入眠吧？那就把深深的爱意，放在心中最秘密的地方。

我想你，但不会闹着要见你。

我不需要无时无刻地和你保持联系，但只要想起你时，你在就好。

我们永远不会对彼此心生厌烦，因为我们都懂得，喜欢就放肆，爱才是克制。

# 写在冬天

朋友问我喜欢什么类型的人。我说没有类型，只要那个人身上的闪光点能吸引到我，待在一起时会快乐，就好。就像你问我爱看什么类型的电影。没有类型，文艺片、犯罪片、喜剧片……只要吸引我，就好。

临近毕业，身边有人在找工作，有人在准备考研，有人在计划出国。我没想那么多，对我来说，一直在走的路就是离开一座城市抵达另一座城市，取舍无法全尽如人意。从前，现在，今后，其实都不是一回事。

遵循内心便是了，让别人快乐不如让自己快乐。离别，疏离，欺骗，背叛……爱恨太多，人都在蹉跎的感情里变得世故，开始学会表里不一地生活，我很抗拒但也在慢慢接受。但需要，再简单一点。

我说过，我和那些已经成家立业的人是有代沟的，他们没我矫情，无法跟我聚在一起喝酒聊爱情。他们更愿聊日常，语气平缓又稳重，好像从没有辜负与矫情到死的爱情。我更厌倦他们一目了然的神情，似乎什么都经历过什么都懂。

越长大越虚伪，所有的念念不忘都成了嘴边的“想起”与“爱过”，但黑云已压城，大雨将至。云淡风轻，不是人人都有资格。你看小孩子折腾的感情如隔岸观火，哦，这真不幸。

这人间游乐场的门票很难买到，我知道我已经入场，所以我愿将命运交给过山车与海盗船，我还喜欢玩碰碰车，坐旋转木马。我发现心情都是可以自己选择的，惊心动魄，或者，宠辱不惊。说好，不可以先离场。

过两日冬至，天更冷了，今儿雨下了一天。圣诞近了，陆续收到礼物，准备亲手制作圣诞花环，送给喜欢的那些美好的人。开题答辩快到了，论文提纲和开题报告只字未动，刚加了论文老师的微信，她不急，我便不慌。

想起逛宜家时，徘徊在桌布与碗盘前，心里想，如果我在某个城市里待久了，也许就会组一个家吧。嘿，内心竟是如此柔软。便如此将细微的幸福琐碎藏于胸腔，等一日，亲自实现，再细语道来，说给你听。

十二月，值得写下一些字，串成梦的呓语。十二月，值得重逢与聚首，再一起等待新的年。十二月，昼短夜长，听雪声，邀寒风共舞。十二月，有人用力奔跑，有人安然入睡，而你在身边，醉酒当歌。十二月，冷雨潇潇，夜阑人静总有你。

我为种种美妙的事物，
耗尽了自己的爱。

# 再不济，不过是后来

## Damien Rice

开始听Damien Rice（爱尔兰歌手）是在上高中的时候，那时候租住在校外，每天吃完午饭，躺在一米五的床上，翻着手里的杂志，耳机里从未停过Damien Rice的歌。

Damien Rice的嗓音可以浇灌我的耳膜，时如近水，时似远流，忽远忽近。喜忧参半的情歌，像民谣，却比民谣多了隐忍，因而高贵。

他的歌曲少时听来最多不过深情，后来才懂得，没有在情感洪涛里冲过浪的人，大概无法了解其中眷恋和时过境迁的无奈。每首歌都是一个故事。“灯红酒绿里影影绰绰的回忆，爱情的烙印，其实始终都在。在英伦的某个小酒店里，他说，Cheers Darling（亲爱的，干杯）。纵然无可挽回，纵然暗自神伤，那一刻，要记得面带微笑。”

## “O”的故事

“我只想和最爱的人一起生活在一个安静的小镇里。每天早上，我们会一起去买新鲜的面包，然后一起步行回家，吃了早饭以后，我们就一起坐着，听一些好听的音乐。”这个是关于“O”的故事。

我拥有《O》这张专辑是意外的，在一条老街的拐角摆摊，黑白CD，我喜欢旧物，就停了下来。Damien Rice的魅力，可以让素不相识的人，欢喜并靠近。我与摆摊人，成为朋友。

后来我很少见到卖CD的摆摊，在落魄的巷子里会看到卖劣质盗版CD的小贩，可惜，廉价与聒噪，作一场污水，拼命地在冲洗一种干净的东西。

## 那个东西叫情怀

去年和维妞在一家装修不错的CD店，感慨情怀难得的同时，维妞买了一张宋胖的碟，结账时老板一句“一百块，就是坑的你们这种人”让我和维妞大失所望。

可以用你点了一杯蓝山却端出来一杯速溶来形容。

后来CD店基本是我路过的地方，就像再也没有在高中忙里偷闲听Damien Rice的心情。空心吉他和旋混着低沉悲伤的弦乐灌进耳膜，像被装进《重庆森林》里的凤梨罐头一样，写着已经过期。

## 等你的故事

也许多年以后，你走在某条老街，遇到一家叫“有个酒馆”的店，店里正放着Damien Rice的音乐，外面最好下着大雪，你裹着大衣，推门而入，挟一世风雪之寒，入一室之暖。

进来后坐下来，我给你上一碗温好的酒，在Damien Rice的歌声里，你同我讲起你的故事。

这就像是后来的生活。再不济，不过是后来。

# 我们都为终会分开而热烈相爱

与我交好之人喊我寒寒。

寒寒不姓寒，黛玉属性，伤春悲秋。

## 薄情不寡义

秋天的风流淌过脚踝，流云簌簌落下，凉夜就来了。

身边相处甚好的朋友会用冷漠这样的词来形容我。我是怎样的人，我抗拒好意的接近，厌倦频繁的交谈，我仍然喜欢一个人走夜路，我对自己演讲欢呼，自我怜悯再自我开导。

我不喜冗繁的铺垫与渲染，也不喜千篇一律般的描摹与既定模板式的叙述。

我也想同所有人狂欢，但孤独是一个人的狂欢。

你也知道，我眷恋没有爱意的拥抱，无需承诺的情话。有人说，横眉之人寡义，不是的，我薄情。你来，我去接你，你走，我不送你。但我从不寡义，我拥护道德。

## 自由不流浪

我喜欢自由，但不喜欢流浪。

傍晚时，我会将彩霞剪成一碗酒，夜晚的星光是下酒菜。

前几天下大暴雨，雨后我蹲在柏油路的绿化带旁，看到我生平第一次见到的数量如此之多的蜗牛。这道路还是泥土并非柏油，城市还未跟随时代一起进化，我未曾抓过一只蜗牛。

这几天我时常为自己悲叹，如今的我已然进化成了城市的一只动物，害怕没有灯光，没有网络，没有热闹，一边呼唤原始的美好，一边奔赴着声色犬马。只有在暴雨之后，我似乎更加清醒，更愿一边感受世界的歌舞升平，一边拥抱没有星光的失落。

人总要去经历最深邃的黑与最闪耀的光，像诗人一样走过千山万水，与荆棘亲吻，同风雨拥抱，再吟诵秋天的哀歌。

自由是你像风一样抚摸人间，却像水一样囿于井底。流浪却是你将自己幻作水，跟着风落在了人间。

## 善良不蒙昧

蒙昧的人会先爱上痛苦，再选择痛哭。

他们总爱怪自己太善良。

我养过一只博美，一个礼拜后它死了。心里最疼的不是失去，而是愧疚，这是一生的疤。和朋友一起去扔掉它的尸体时，我们平静得都没有任何情绪，近乎冷血。

从前我会在街头抱着一只陌生的将死的狗哭，来往的行人说我菩萨心肠，遇到流浪狗每次我都会给它们买火腿，但现在无法再这样了。和大多数人一样，我会投以同情的目光，心里生长高尚的恻隐之心。

也许你也会懂，这种你一时的善良，不代表正确。很多时候我们都太过于自以为是，假装成全，假装守护，当不美好降临时，假装悲伤，假装痛苦。

我是无神论者，却时常祷告忏悔，为太多无能为力的现实，那么，就让那高贵得不能再次碰触的恻隐之心随着善意妥协。

## 沉默不寡言

与人交谈，我喜欢自己看着手机，朋友说，真的受够了与我没有眼神交流的谈话。

在无趣的话题前我经常沉默，所以我总是会错过，但我仍旧厌倦开口，事实上我并非寡言。

我嗜睡，但我每晚都失眠，我想拥有没有睡眠但是健康的生活，每晚躺下时我都能感受到时间摔在我脸上的疼痛与紧迫感。

逝去的时间摇摇欲坠，醉酒般难得清醒。从前我做着以西瓜当滑板，枕着理想飞上云霄的梦，如今我四平八稳地躺在现实的旋涡里，拒绝再谈理想。

我抱怨过时间赋予的变数，每个人都在时间里改变，但是成熟和天真在这个世界仍然守恒。

于是我继续沉默，并融入人来人往，变成臃肿的路与不会呐喊的桥。

# 那段再也回不去的青春，叫作“魔兽世界”

## 一

2006 年的盛夏，阿紫小学毕业，穿着吊带背心和超短热裤，素面朝天，没有防晒霜也没有太阳伞。

学校那边街道的商店，一到放假就萧条，只有路口巷子的网吧，生意比平时要好几倍。那时候网络是新兴产物，网吧是走在时代前沿的产业。阿紫第一次进网吧是找阿凯。

阿凯是阿紫妈妈朋友的儿子，比她大两岁，念初中。她看见过他叼着烟歪着头倚在树上，朝经过的女孩吹口哨，十足坏小子的模样。但阿凯在长辈面前一直装着一副无害少年样，阿紫很喜欢找他玩，她妈妈也放心他照顾她。

阿凯是一个“魔兽世界”玩家，当时的阿紫好奇到底什么游戏让他这么着迷，于是也吵着让他带我玩。就像所有愿意陪男朋友开黑的妹子一样，因为喜欢一个人而想要尝试他喜欢的事物，为了多一点共同话题，想要跟他一起笑。

## 二

魔兽世界里，阿紫玩的职业是猎人，因为阿凯说，只有猎人可以抓宠物，当时的阿紫脑补了抓宠物会和平时在草丛里扑蝴蝶一样有趣的画面后，就带着她的第一只小宠物开始了魔兽生涯。

阿凯总是笑阿紫“路痴”，几乎所有的副本阿紫都不认路，有时候跟着阿凯刷副本，阿紫一个走神阿凯就不见了，阿紫每次都不敢乱跑就乖乖待在原地等他回来接她。

那时候阿凯带阿紫去“哀嚎深渊”，她就会特别兴奋，在野外欣赏四只脚的半人马，在沼泽地里调戏淤泥怪，头上的狮鹫兽呼啸而过，阿紫经常做一个任务要死 N 次，找自己“尸体”太难了，满地图都是一个颜色，有时候明明在地图上看见尸体就在前方，可被一片海挡住，索性就跳进海里和怪鱼做伴玩耍去，直到阿凯找她她才从海里出来，继续找自己的尸体，不过死过几次后阿紫终于攒齐了自己的尖牙套，便高兴得欢呼雀跃。

有时候在主城里四处转悠觉得自在无比，换个造型觉得自己可爱爆了，把一个个八格的小包包换成大包觉得特别满足，攒了满格的废品还觉得自己特别富有。没事的时候，阿紫就在野外抓抓小宠物，调戏调戏低等级的精英怪，或者在公会里聊天打趣。当年的阿紫真的浪费了好多阿凯帮她充的点卡。

但渐渐地，阿紫也不再是一个小白猎人，成了团队里的重要力量，可以在这个世界，与阿凯并肩作战。

## 三

念初一时，阿凯念初三，当时的阿紫算得上眉清目秀的小美女，学习成绩班级前列，比她大两届的阿凯放学后手里总是拎着校服外套，晃悠着跟在阿紫身边。很多人对阿紫议论纷纷，觉得她是走在偏路上的问题少女，跟不良少年鬼混，老师甚至找过阿紫谈话，阿紫对老师说，阿凯就像我亲哥，不信你问我妈。因为在阿紫心中，阿凯就是属于她一个人的勇士。

但阿紫从来没有喊过他哥，她就喊他“阿凯”。她和阿凯之间，谈不上“早恋”，但她“依恋”他。阿紫觉得“恋”这个字属于自然法则，是不可以人为地制定规范的，况且他们还拥有一个身边人都不知道的世界。

阿紫曾经为了抓个灵魂兽跟阿凯在网吧守了一整夜，也为了一只稀有坐骑跟阿凯去疯狂刷副本，从暴风、哀嚎、影牙、血色到毒蛇、风暴、海山、黑庙，也和阿凯以及团队的人一起开荒太阳井卡到吐，在战场里偷旗子攒荣誉，和公会的人一起屠城，没事干的时候，很没道德地去野外杀小号守尸或者欺负脆皮法师……那段疯狂的日子，应该是阿紫人生中最自在无虑的时光。

后来家里买了电脑，阿紫花了一天半的时间下载好超级大的魔兽世界，此后她就成了她妈眼里的“网瘾少女”，一做完作业就坐在电脑前，和游戏里的阿凯一起做任务，一起刷装备和坐骑。

那时候，阿紫和阿凯在艾泽拉斯大陆上疯狂地奔跑，肆意地欢笑，在“魔兽世界”里，似乎只要他们一直陪在彼此身边，就可以征服整个世界。

## 四

阿凯一直都不喜欢念书，高三那年，他没有参加高考，他父母准备安排他出国读大学。

阿凯告诉阿紫他可能不回国了，过两年他爸妈也准备移民，以后不知道还有没有机会跟她见面。他还没说完阿紫就哭了起来，她哭着对阿凯说，那你以后一定要很优秀，我相信你会证明你自己。

阿紫心底是祝福阿凯的，她希望他可以去一个新的世界，迎接新的生活，其实阿紫从来不是个喜欢安稳的人，骨子里的叛逆和轻狂不比阿凯少，所以她才喜欢跟他一起玩。

阿凯离开前一天，带阿紫去网吧又刷了一次“魔兽世界”的血色修道院，当老板怀特迈恩说：“我的勇士，复活吧”，老板莫格莱尼说：“为你而战，我的女士”时，阿凯对阿紫说，其实就是想再和你一起听一遍这段对话。

阿凯出国后，阿紫没有再玩魔兽，她不敢再回到他们曾经一起陪伴的世界，她怕她太孤独。

## 五

曾经有一次在网吧，阿凯在看《美少年之恋》这部电影，阿紫当时脱口而出一句：“阿凯，你长得和这个主演还蛮像的。”阿凯笑着对阿紫说：“你有偶像吗？”那时候的阿紫从来不追星，就摇了摇头，阿凯说：“那你记住，以后你的偶像就是吴彦祖。”

于是，这么多年来，吴彦祖一直是阿紫最喜欢的明星。

今年6月8号，《魔兽世界》大电影要上映了，吴彦祖饰演古尔丹，网络上也涌起很多与魔兽相关的讨论。“魔兽世界早年的一句广告词，听起来很普通：一个世界在等待。但这句话背后的气势只有玩过WOW的人才懂。因为那里真的有一个世界。”这段话把我看哭了。

很多人都在说现在的魔兽世界不好玩，其实艾泽拉斯大陆没有变，对于曾经玩过魔兽的一群人来说，不过是当年陪伴在身边的人不在了。

一个刚玩“魔兽世界”的朋友告诉阿紫，全程打完没有一个人说一句话，打不过就散，玩家之间没有互动，大家都没耐心跑地图，都想一下子站到世界顶端。我们把生活中的冷漠骄傲和浮躁带到了

街 角 那 头， 听 你 讲 起 过 往 的 故 事。

游戏里，可是浮躁是不能解决浮躁的，所以连“魔兽”也成了一种对情怀的伤感。

六

阿紫再也没有见过阿凯，有时候她也会想，如果他没有出国，他是不是会陪着她从年少到长大，一直不离不弃？只是回不去的年代，是我们的青春。前几天阿紫打开“魔兽”，好友列表里没有几个亮着的头像，公会里也没人说话。看见阿凯的名字下显示三百多天前登录，原来一年前阿凯还登过“魔兽”，当时的他会不会也像现在的她这样很怀念从前？

那天重回“魔兽世界”，阿紫骑着坐骑在主城上空盘旋，带着宠物在野外奔跑，看着那些 NPC 还在一如既往地欢笑着，阿紫明白，她一直都深爱着这里，因为那段再也回不去的青春，叫作“魔兽世界”。

# 陪你度过漫长岁月

2015 年 7 月 20 日
嗯，已经吃过退烧药了，好了很多。
过敏也好多了，红色点点已经慢慢地褪去。
新闻说这个城市将迎来高温，真可怜我不能吹空调。
你勿挂念，我一切安好。

你不是我，你不知道你对我的意义。
看《滚蛋吧，肿瘤君》就记住了这句台词。
当时想到了你，
寒秋。

2015 年 9 月 10 日
在天气还没有变冷之前，发现很多热情都再也不愿不肯外露。
你们是不是跟我一样。
开始对世界缴械投降，开始把身边的虚情假意过得习以为常。

可是起风的时候，
我还是做不到将一颗孤独清醒的心沉寂。

你们也一样吗？
盈妞，维妞。

2015 年 9 月 15 日
我一直憧憬着你跟我说起的幼时故事。
我真希望能够找到你儿时住过的草房子。

让我把耳朵贴在门上。
隔着山河岁月，隔着你我之间无法逾越的那层感同身受。

我想听一听当你还是一个孩子时的笑声，
彩虹君。

2015 年 9 月 18 日
我们都在一路长大，一路抛弃珍贵，用其他东西代替。
我们总是忙忙碌碌，却时常眷恋着最朴素的时光。

人事音书悲寂寥。
不再说，不愿说，不敢说。

直到有一天，我们习惯了无聊的人生。
我们再也认不出从前那些可爱的岁月里属于我们的事物。

但总有一个人，会让你觉得纵然跟另一个人举案齐眉，到底意难平。

晨哥。

2015年10月10日

我佩服那些一辈子去践行自己理想和原则的人，无论他们的观点和坚持是否正确。

因为有些理想国，真的不是乌托邦。

我们每天都活在很多种声音里。

他们会将方的说成圆的，会在今天推翻昨天自己说的理论。

他们习惯了去奚落别人的梦想，可自己贫瘠得只剩下一张嘴巴。

这些人，可以是朋友，爱人，甚至亲人。

而你是自己的勇士，披荆斩棘，一往无前。

锋哥。

2015年10月20日

深情，它就像一场海市蜃楼，那么美，那么远，却不得去。

专情，它只存在于你在还没有遇到令你值得移情的人之前。

最爱，它是这世间你给每一个你不能割舍的事物所下的定义。

而唯一能让你相信永垂不朽的，只有生死。

你怎么可以有了喜欢的人呢。

我要骂你，正好你在时差那端失着眠。

沈挽冬。

2015年10月23
支持或者放弃，不可以中立。
很多关系就是这么决绝，却更接近现实的世界。

我们可以感动，为很多个细节。
也可以在还没有见面前，交付所有的真心与信赖。
可突然有一天失望了，岁月就会夺去我们的真心。

但我们都不会承认，是我们自己忘了最初相识的真心。
羊老板。

2015年10月29日
很多事情最终剩下你自己独自面对。
你可以越来越隐忍，当被夸耀越来越成熟。
你心底最渴望的张扬岁月，你全都绝口不提。

我们都将梦想放在心里，一天天更加接近。
看，《陪你度过漫长岁月》上映了。
你在朋友圈发了一段话：
想和身边所有人去看的电影，多少场都愿意，也分享给你和陪你度过漫长岁月的人。
但对于我，这是一部我不知道找谁同行去看的电影。
小衫。

你是自己的勇士，披荆斩棘，一往无前。

很多关系就是这么决绝，
却更接近现实的世界。

请 勿 挂 念 ， 我 一 切 安 好 。

# 尾声：有个酒馆，不醉不归

此刻是 2016 年 10 月 13 日的凌晨两点，整理完这些稿子，想出去走走。稿子里大多是16年上半年在北京实习期间写的故事，还有些，就是 15 年还在学校时写的心情日记。时间没有过多久，却觉得自己已经在这段光阴里大醉了一场。

突然在想上一次喝醉是什么时候？没多久吧。

与好久不见的老友，在烟草味浓得呛人的包厢里，一起敬往事一杯酒，共光阴一场宿醉。C 依然没有戒掉身上那股俗气，毕竟一个人在这世遭摸爬带滚打拼这么多年。从前爱得死去活来的 K 和 D 已经分道扬镳，听说 K 还在固执地等 D 回来，但 D 已经找到良人相亲相爱。我仍旧记得一个雨天，K 揣着存了好久的零花钱，淋着雨跑遍学校周边所有的小超市只为挑一把 D 迷恋的碎花伞。还有他们在操场认真接吻的画面，温柔得像那一季栀子花的飘落。

谁借着醉意笑着说起了谁已经去监狱蹲了几年，谁又因为用刀砍伤别人被拘留正在等待开庭。而 C 已经开始抱着我哭泣，那年她吸食白色粉末被人发现，她手背上自己用烟头烫伤的疤痕依然醒目，那时她杀马特样的碎发已变成如今温顺挺直的长发。

我们不醉不归啊，我们把酒畅谈啊，我们说起这些年的物是人非却没人觉得不妥。那些无所谓的表情掩藏的真相与永远回不去的景色也并不只是这些。

贫瘠的灵魂与匮乏的物质吞噬着他们单纯的当年，他们都老了吧，他们在这儿呀。耀武扬威的罪魁祸首只是散发着糜烂气息的欲望。可我却未因没有陷入诸此沼泽而庆幸。如果这就是成长，不会有人觉得快乐。

我不再是那个怀着耐心去垂下眼耐心读他人故事的女孩，最怕便是这百转千回之后，旁人尚且不染纤尘，而自己已随光阴酿了一盏苦酒。

我也曾就河畔三尊酒，携一腔孤勇，爱憎分明，踽踽而行。但有些东西在心中轰然崩塌时，于旁人终究是悄无声息的。你何必再有丢盔弃甲的心事，不如独自醉酒，哭泣与大笑，疯狂与缄默，凭着醉意书一卷情话，敬往事一杯酒，你终该豁达。有些悲伤当时觉得度日如年，此后却还未来得及感叹，便在江湖里销声匿迹，断了念想。于是更用力缄默，纵使回首，不动声色。

我总是对旁人说，我懒。懒得做的事，懒得说的话，都太多。我还想写很多人的故事，却迟迟不敢动笔，不是懒，是怕惹哭自己，太多情感随着经历一点点蔓延开痕迹，却难得经年，快阅读的时代，翻过只言片语，已经找不到读第二遍的意义。

你知道我并非脆弱的姑娘，再见不用说告别，告别不必流眼泪。感谢读完这本书的你，漫漫岁月里，我想开一家店，叫有个酒馆，开业时，你一定要来，那里，会有人提灯听你说，也会有人执笔为你写，还有人，和你一起不醉不归。